内角のわた

装画　カシワイ
装幀　bookwall

1

好きと似合うがイコールじゃなくなったら死んだほうがマシ。

　混乱したサインのいつもに似ず強い言葉に、だったら死ねばっ、といつもどおりの毒を吐いたのはコサインだった。いやそれうちらも困るやん、とタンジェントが茶々を入れ、コサインは唇を内側に丸め込んで噛みしめることで不満を表明する。だがタンジェントがすぐにその唇をなだめるようにほどき、小さく溜息をついた。

　そんないつものやりとりを後目《しりめ》に、サインは姿見の中の自分自身に見入っている。

　どんなに眺めたところでそれは間違えようもなく、世界でたったひとりしかいない自分の顔でしかない。せわしなくコサインとタンジェントが動かす口元も飽きるほど見てきたものだし、鏡から反射してくるのも慣れ親しんだ自分の視線にすぎない。にもかかわらず、目の前にあるのはまったく見知らぬ相手の顔で、しかもこちらを叱り、責め、否定し、脅かす存在である、そんな気持ちがどうしても拭えない。

　サインは自分の頭から外したばかりのフェイスカバーを、またすっぽりと被《かぶ》る。まるで、首から上だけ砂にもぐることで敵から逃れられると信じるダチョウのように。この試着室に入る前、新品の洋服への化粧移りを防ぐために渡された袋型のそれは薄い不織布でできていて、顔を覆っても視界は完全にはふさがれない。しっかりと目を開ければ、鏡に映った立ち姿が霧の向こう側にいるように透けて見えた。

そのあたりで、さすがに奇行を見かねたタンジェントが乗り出してゆく。

さっちゃん、なにしてんの？

フェイスカバー被ってる。

見ればわかるわ、まだ老眼になる歳でもないし。なんのためかって訊《き》いてんの。

こうやって薄目で見れば、そんなにひどくないかもしれないから。

タンジェントは吹き出しそうになるが、即座にコサインが不機嫌な調子で制止する。

やめてよ。ひとりで笑ってたら、出ていったとき変なふうに見られるじゃない。

コサインは悪い子ではない（と、タンジェントとしては自己弁護のためにも思いたい）が、周囲の目を気にする神経質な性分を正当化し、状況を客観視できる聡明さと勘違いしているふしがなくもない。そんな自己批判にコサインが反応する前に、タンジェントはやんわりとフェイスカバーに手をかけ、サインにそれを脱がせようとする。

なあ、さっちゃん。おかしな真似してないで、もう出よ。

だが、サインは子供じみた強情さでその手を引っ張り下ろす。

タンジェント。あたしこの服、似合ってる？

ちゃんと見ないとわからんよ。これ、取っていい？

いや。このままで答えて。

懇願されてしかたなく、タンジェントは鏡に映る自分を観察する。

冬物の白いニットは下着が見えない程度に襟ぐりの開いたデザインで、こんな状態でさえなければ鎖骨（サインが「デコルテ」と呼んでひそかに手入れをしている）がくっきりと浮いて見えるだろう。腕の細さを強調するためにふんわりとふくらませた袖や、ウエストの高さを強調する絶妙な短さの裾といったサインが惹かれたその他の細部も、フェイスカバーの色に同化してよくわからない。パイピングを施した胸元についた小さなリボンの黒だけが、かろうじて視認できた。

駅近のファッションビル四階、コンセプトが「好感度と個性を両立させた大人ガーリースタイル」という（コサインに言わせれば「二律背反の寄せ集め」である）このブランドに、サインは絶大な信頼を寄せている。シーズンごとにショップに通い、気がつけば全身を同じブランドで固めていることもめずらしくない。流行に疎いタンジェントと見た目にこだわることをよしとしないコサインの代わりに、サインはほぼこの分野の全権を握っている。たまにコサインの批判を受けて伸ばした手を引くこともあったが、基本的には一度決めたら折れることはなく、現にこのニットを見つけたときも、カラダ一個しかないのにどんだけ服買うの、というコサインの文句や、もう似たようなの持ってなかったっけ、というタンジェントの問いかけを無視して即座に試着室に入った。

しかし、ほとんど購入を確信しながらニットを着てフェイスカバーを脱いだサインは、そのとたん半狂乱になってこうしてタンジェントに助けを求めた。

いかにもさっちゃん好みの服。

それがタンジェントの率直な感想だった。逆に言うと、それ以外はどうとも思わない。だが、藁どころかペラペラの不織布にさえすがりたいらしいサインのために、タンジェントはなんとか時間を稼ぎながら無難な言葉を考えようとする。極限までまぶたを開き、次に極限まで細めてみる。コサインはずっと、それをしらけた様子で観察している。

ばっかみたい。

そう、声を出さずに口だけ動かすことで、ささやかな憂さ晴らしをしてもみる。

これ自体は、さっちゃんに似合ってると思うけど……ちょっとだけ、ええと、ゴテッとしてるかな。あ、でもほら、下がいつものリボンついたキュロットやからかも。もっとこう、シンプルなパンツとか合わせたらどう?

でも、昔はこれでよかったんだよ。

タンジェントがどうにか絞り出した慰めを、サインはあっさりと切り捨てた。

好きな服を好きなように着てさえいれば、それでよかったのに。あたし、これからどこにでもある白いだけのシャツとか黒いだけのパンツとか、そういうぜんぜんときめかない服に時間もお金もかけなきゃいけないの？

そんくらいええやん。ユニクロとかに行けば、いくらでも安いのあるし。

あのね、服ってただ裸を隠すためだけのものじゃないんだよ。ああもう一歩もベッドから動きたくないって朝、あるでしょう？　そんなときになんとか起きる力をくれるのは、きょうはあの服を着ていこうっていう気持ちなんだよ。なんの魅力も感じない、無難しかとりえのない服でだれが外に出たいの？　それだけじゃない。もう、いままでのルートは使えなくなったの。自分の着るものについて、自分について、また一から考え直さないといけない。そのぶん時間もコストもかけ直す羽目になるんだよ。どうしてそんな他人事みたいな態度でいられるの？

あー……うん。なるほどな。でもさ、べつに全取っ替えする必要はないやん。うまくバランス取っていけば、こういう服もまだ違和感ないんちゃう？

日和見的なタンジェントの意見にサインはいらだち、丸く切った爪で後頭部を引っかく。

ただ、もちろんそこも不織布が覆っているので期待したほどの痛みはなく、タンジェントに事態の深刻さを訴えるには至らない。肉体的なアプローチをあきらめたサインは、あらためてこの絶望がいかに切実か、なんとか言語化しようと試みる。

それだけの問題じゃないんだって。なんて言えばわかるのかなぁ？　何年もかけて築いてきた、これだけは絶対確実っていうシステムに裏切られた感じ。長年付き合って婚約もしてた相手にいきなり振られたみたいな……いや、違うな。わかんないけど、ずっとプレイしてきたゲームのセーブデータが飛んだみたいな？　ほら、想像してみてよ。陰気な音楽と一緒に表示される――「おきのどくですが　ぼうけんのしょはきえてしまいました」！

いたって大真面目な台詞に、タンジェントは今度こそ笑ってしまう。

ほんまにかわええなぁ、さっちゃんは。

それに反応したのは、当のサインではなかった。

ばっかじゃないの、服くらいで大騒ぎして。

やおら割って入って和みかけた雰囲気を一掃したコサインは、タンジェントのことはひとまず無視して、怒濤《どとう》のごとくサインへの罵倒を開始する。

そもそも、いつまでも「かわいい」にしがみついてきたあんたが悪いんでしょ。あきらめなよ、これが現実だって。他人事じゃない？　なに恩着せがましい言い方してんの？　いい大人になってまで、あんたの少女趣味に付き合わなきゃいけないほうがよっぽど迷惑なんですけど！　これを機にちょっとは年相応になれば？

言葉を失ったサインが縮み上がり、勢いづいたコサインが追い打ちをかけようとしたタイミングで、試着室の外から呼びかける声がした。

「お客様、いかがですかぁー？」

人工的に涼しげで甘ったるい、でろりと溶けかけたチョコミントのような声。サインもコサインもタンジェントも反射的に沈黙し、同時に腕時計を確認する。予想ほど長居をしたわけではなかったが、それでも数少ない試着室をあまりに占領するのは体裁が悪い。

半泣きのサインとふてくされたコサインに代わり、タンジェントは明るく答えた。

「すみませーん、いま出ますね」

タンジェントは泥だらけになった子供を着替えさせる母親のように、手際よくニットを脱いだ。そのはずみでフェイスカバーが頭からすっぽ抜ける。白いキャミソール一枚の上半身がはっきりと鏡に映り、透けている下着の色まで確認できた。濃い赤の花柄。

こういうのも、そろそろ限界じゃないの？

コサインの皮肉を聞き流しつつ、さっと自分の服を着直す。ゆったりとしたグレーのチュニックはたちまち体になじみ、長旅から帰宅したような安心感にタンジェントはほっと溜息をつく。サインも同じ溜息をついたが、そこに込められたのは落胆のほうが大きかった。

コートを羽織り、一呼吸おいてカーテンを開けると案の定、若い女性店員が勝ちを確信した笑顔で近寄ってきた。つい数分前に「かわいい!」「こういう感じ好きなんです」とニットを褒めちぎったことを思い出してサインがひるむのをよそに、タンジェントは平然と微笑んで手に持ったそれを返却する。

「やっぱり、やめておきます。あんまり似合いませんでした」

「えっ、そうですかぁー?」

「デザインは好みなんですけど、ちょっと甘すぎかなーって」

「そんなぁ。ぜんぜん大丈夫ですよぉ、お若く見えますもん」

「実際に若いわけじゃなく」

あ、とタンジェントが思ったときには、もうコサインは引っ込んでいた。

よく、コサインはこういう悪戯《いたずら》をする。タンジェントやサインの隙を突き、つるりと毒を吐き出すのが数少ないストレス解消法なのだ。ただ、当然タンジェントも対処は心得ている。

一瞬フリーズしたのち営業スマイルを強化させた店員が「えー、そんなことないですよぉ」と言うのを待ってから、得意技の自虐を放ってみせる。

「いやいや。お恥ずかしいです、いくつになってもこういうのが好きで」

「お客様かわいいから、絶対に似合うと思うんですけどね」

「考えてみますー。すみません、決めるのに時間かかっちゃって」

いちおう気遣いの言葉を付け足すと、とんでもありませーん、と愛想よく返事があった。表向きさえ穏便に済めば、内心でどれだけ罵倒されていようが構いはしない。マニュアル対応って便利やな、と胸を撫で下ろしつつ、タンジェントはそそくさとその場を後にする。

それを後目にいつのまにか、サインとコサインはまたもや言い合いを始めていた。正確には、落ち込むサインをコサインが一方的に罵っていた。

だからさ、かわいいものが好きなのが悪いっていうか、それと自分をすり合わせて人の目にどう映るか、自己評価が正常にできないのがダサいって言ってんの！　あんた、この期《ご》に及んであの店員のお世辞わりと信じてるんでしょ。かわいいとか若いとか。あのね、ほんとに若い相手にわざわざ「若い」って言わないの。とんでもありませんだのぜんぜん大丈夫だの、日本語もロクに使えないガキの一ミリも心こもってない言葉にすがってまで「女の子」するの、恥ずかしくないわけ？

だってあたしの自由になるものなんて、もう、ほとんど残ってないじゃない。許してよ。かわいいものに興味ないのが上等で賢いみたいな、そういうのやめてよぉ。

言葉では絶対に勝てないコサインに、それでも精一杯抵抗しながら、サインは動揺したときの常でしきりに顔の両側に垂らした髪を撫でつける。コサインはふんと盛大に鼻息を噴き出しながら必要以上に踵を動かし、かつんかつんと不機嫌にヒールの音を響かせる。

深刻になっていく様相を察し、タンジェントは小走りしたくなるのをこらえて足早にエスカレーターを降りた。経験上、こういうときは体を動かすに限る。エレベーターを待ってひたすら下降するだけの身動きできない時間が、コサインとサインの状態をますます悪化させることは明白だ。それに加えて、ちょっとした思惑もあった。

出口のある一階を通り過ぎたことにコサインが異議を唱えるまもなく、地下まで降りたタンジェントはあるショップに辿り着く。幅広い層の女性から人気を得ている、パジャマや部屋着、そして下着の専門店。ここもまた、サインの行きつけのひとつだった。

さっちゃん。予定になかったけど、少しくらいならここで買い物してええよ。

ほんと？

うん。決めてたもんな、お給料入ったし、きょうは贅沢するって。

水を浴びた花のようにサインはぱっと顔を上げ、足取り軽く店に入っていった。

パティスリーを模した明るい内装。ふわふわ、つるつる、ひらひら、もこもこ、パステルカラーに白。自分好みのモチーフに囲まれたサインはたちまち元気を取り戻し、さっきまでとは打って変わって鼻歌まじりに、サテンのセットアップやフードに動物を模した耳のついたパーカーを物色していく。

現金な奴。

　コサインが毒づき、まあまあ、となだめたタンジェントにまで攻撃は飛び火した。

　甘やかすのもたいがいにしてよ。とばっちり食うのはこっちなんだからね。

　それでも飽き足らず、コサインはきらきらと光を帯びた視線で買い物にいそしむサインの目を一瞬逸《そ》らさせ、周囲に気取《けど》られないようさっとほかの客や店員を観察した。

　あたしたち、この店内でいちばん年上みたいだね。

　わずかに動きが止まった隙を逃さず、コサインはその足で店の外へと出ようとする。だが、サインはそれを妨げるように踏ん張って、のみならず、さらに奥へと進んでいった。

　だって部屋着と下着だよ。だれからも見えないなら、文句ないでしょ？

　サインはかわいいものに囲まれると強気になる。もはやコサインの毒気にもひるまず、さっきまで半泣きだったくせに、という皮肉も意に介さない。パイル地のワンピースを掲げて、例によってマニュアルどおりの笑顔で近寄ってきた店員に姫君のごとく堂々と微笑みかける。

　相手が年上か年下か自分と何歳差か、そんなことは、そのワンピースに惹かれるサインの気持ちに少しも水を差さない。

　……そういえば、あの店でもらったフェイスカバー、どうしたんだっけ？

　タンジェントには、ときおりこうして脈絡なく場に横槍を入れる癖がある。

床にでも捨てたんでしょ。

コサインはあからさまに興味がなさそうに、もしくは不機嫌そうに答えた。サインは最初から気がついてさえいない様子で、楽しげに店員と話している。

ポイ捨てしてもうた。悪いことしたなぁ。

その独白には、もう反応すらなかった。

2

あ、「直線」の日だ。

真っ先に気がついて足を止めたのは、サインだった。

せわしない朝の歩道には、もう路地のタイル目に沿って歯科医院の看板が出してある。いつもの位置、いつもの角度。あと少し路上にはみ出したら通行人の邪魔になるし、あと少し奥に引っ込んだら建物から落ちる影で目に止まらない。一ミリのズレも感じさせないその几帳面なたたずまいは、サインを落ち着かない心地にさせる。

臼歯《きゅうし》をデフォルメしたキャラクターが歯ブラシを持ってウインクしている看板をサインは「わりとかわいい」と思うが、コサインがそれを嫌っているのも知っている。院長の苗字にちなんでつけられた横文字の病院名も、そういったものが女子供受けすると考えているところも、そもそも女子供受けを狙おうとする魂胆も、コサインにとってはすべてが気に入らないらしい。コサインにかかると世界がどんどん嫌な場所に見えてくる、とサインは憂鬱になる。ことにこんな、曇天模様の寒い朝は。

　自分の首を絞めるようにきつくマフラーを巻き直し、雑居ビルに入る。エレベーターのボタンを押すとすぐ扉が開いた。そそくさと滑り込んで五階を選び、サインとコサインはほぼ同時に指を伸ばして閉ボタンを連打する。二等辺三角形が互いの頂点を寄せ合うそれは、サインに蝶やリボンを、コサインにはカブトムシや牡牛の決闘を彷彿《ほうふつ》とさせる。

　マメやなぁ、直線さん。自分が上がってから、わざわざ一階に戻しとくなんて。

　いつものごとくタンジェントは感心し、いつものごとく黙殺される。

　エレベーターのドアが開くと、廊下に傘立てが置いてあった。いつもはバックルームにしまってあるが、空模様を見た直線が運び出したらしい。アンティーク風の華奢な見た目のわりに重いので、実際に雨が降っていないかぎり「曲線」なら持ちたがらない。

「おはようございます」

　病院名が丸いフォントの白文字で書かれたガラスの扉を開け、ドアベルの音に負けないように声を張ったのとほぼ同時に、ゆったりとした弦楽四重奏が流れだした。

「おはよう」

　直線が、受付カウンターの中から顔を上げた。

　たったいま有線放送のスイッチを入れたところらしい。彼女とシフトが重なる日は、これが流れだす前に院内に入るか入らないかで空気が違う。いまのはセーフかアウトか。先輩の額のあたりをおそるおそる盗み見るサインを、タンジェントがなだめてやる。

　考えすぎやって。べつに遅刻したわけでもあるまいし。

　でも、あのときだってそうだったよ。

「すみません。すぐに着替えてきます」

「ゆっくりでいいよ。きょう、予約の患者さん十時半からだから」

　きょうの直線は機嫌がいい。台詞や表情がいつもどおりでも、雰囲気でそれとわかった。マスクとマフラーに隠れた口から小さく安堵の息を漏らすサインを、コサインは同じ口の端をコンマ数ミリ上げて冷笑する。

　直線は切れ長の目が印象的な女性で、まっすぐな肩までの髪を仕事中はそっけなく後ろでくくっている。シャープな輪郭、凹凸のない細身の体、スキーのジャンプ台を思わせる通った眉間から鼻にかけてのラインなどの特徴は、子供のころに絵本で見た悪い魔女を彷彿とさせてサインを怯えさせる。とりわけ苦手としているのは、声だった。ふだんは真一文字に結んだ（マスクで見えなくともわかる）唇がひとたび開かれるやいなや、低く平坦なそれはまさしくスキージャンプさながら、迷いなく飛んできて突き刺すように相手に言葉を届ける。とくに眉間にしわを寄せているときはその傾向が顕著で、「挨拶や返事は聞こえないと意味がないよね」「患者さんに様をつけて呼ばないで。病院はサービス業じゃないんだよ」といった忠告の見事な跳躍ぶりたるや、十点十点十点、とタンジェントが感嘆するほどだった。

　受付に背を向けたとき、ふいに直線がつぶやいた。

「若いから似合うね、そういう服も」

若い、という言葉にサインが凍りついたその様子を、またコサインが嘲笑う。

「すみません。派手ですか?」

にへらと目尻を下げて愛想笑いをしながら振り向いたのは、タンジェントだった。

「いや、いいんじゃない。制服があるんだし、どういう格好で来ても」

淡々と言ってから、直線は目尻を歪めた。両目の端に釣り糸をかけて真上に引いたようなそれが彼女なりの微笑であると、サインはかなり長いこと気がつかなかった。

「森《もり》ちゃんより年上だけど、もっと派手な人もいるし」

サインが顔をひきつらせそうになるのをどうにか落ち着けて、タンジェントは笑顔を貼りつけたままバックルームに逃げ込んだ。

隅に置かれた姿見に、サインが選んだきょうの格好が映る。フードのついたショート丈のダウンコート、ウールのマフラー、短いスカートにブーツ、直線がどれを根拠に「若い」と言ったのか見当がつかなかったので、とりあえずすべてさっさと脱ぐことにする。薄いピンク色をした膝丈の制服とバレリーナのような白っぽいストッキング、ナーススリッパという「かわいい」格好に着替えるたびに、コサインは少し不機嫌になる。

仕上げにマスクを業務用のものに替え、バックルームを出て診療室を見渡すと、器具のセッティングはもう済んでいた。各種機材の電源も入れてある。就業前にやるべきことはほぼ残っていない。直線は優秀な上に仕事が速いので、往々にしてこういう気まずい事態になるのだ。しかたなく待合室に戻って受付カウンターに入り、棚からきょうの予約患者のカルテを出しておくことにする。

「また、飲みに行ったみたい」

釣銭の補充をしながら、直線は唐突に言った。

「……はい？」

「あのふたり。見てなよ。きょうの院長、絶対に機嫌いいから」

院長と曲線のことだ、とすぐにわかった。

歯科助手アルバイト募集、資格経験不問、という求人情報サイトに記載されていた勤務時刻は「午前九時〜」だったが、採用が決まったときに院長から「九時は鍵開けの時間で、開院は十時だからそれまでに来ればいいよ」とざっくりしたことを言われて逆に困った。厳密には、実際に働きはじめてから困るということに気がついた。レジやテナントの鍵を院長から預かっているのは、直線と曲線のふたり。早番で勤務する場合、どちらかと一緒に開院準備をすることになる。

初日は九時前に着いて一時間近くドアの前で待たされ、開院十分前にスターバックスの紙コップを手に現れた曲線に「えーずっと待ってたの？　やだぁプレッシャー」と言われコサインがあわや爆発寸前になった。なんとかタンジェントがなだめて事なきを得たが、翌日は十時五分前に行ったところ、今度はすでに準備を終えた直線に「勤務開始時刻って、それまでに着けばいいって意味じゃないよね。常識的に」と冷たく釘を刺されてサインがすっかり萎縮してしまった。

「きのう、なにも言われなかったの？」

そう眉尻を吊り上げた直線の表情は、いまだにサインのトラウマになっている。

すみません、とつぶやくと、直線は曲線の名前を出し、注意しなかったんだね、彼女、と言った。どうやら責められているのは自分ではないらしい、と悟ったサインは安堵のあまり「きのうはもっと早く着いていたんですけど」と口を滑らせてしまい、ふたたび刺すような視線を浴びる羽目になった。

「ぎりぎりに来ればいいって言われた？」

凍りつくサインの右踵を、コサインは左の爪先で軽く蹴った。

「言われていません」

サインが消え入りそうな声で言うと、直線は怯えた様子を見て取ったのか、つと目を逸らして話題を変えた。

「あの人の爪、見た？」

爪、とタンジェントが反復するまでもなく、サインはよく覚えていた。憤るコサインを後目にそこばかり見ていたのだ。スターバックスの紙コップに添えられた、すんなりと白い手。その指の先できれいな卵型に整えられ、指ごとに異なる色合いのピンクの上にラメやラインストーンを載せた凝ったネイル。

はい、と無邪気に答えようとしたサインを、危ういところでぐっと引き留めたのはコサインだったかタンジェントだったか。つまり双方、とっさに気がついたのだ。これは面接だ。それも、履歴書片手に院長にされたいいかげんな採用面接なんかよりよっぽど重要な。

魔女みたいでした。覚えていません。素敵でした。

答えは錯綜し、どれがだれの意見かわからないまま相殺され、だれも口火を切れずにいるうちに時間切れが訪れた。

「魔女みたいだったでしょう?」

「ええと……」

魔女はあなたでしょ。

サインはせめてもの反抗として内心でつぶやき、すぐさまタンジェントの陰に隠れて気配を消した。いつものことだったので、タンジェントは熟考した結果、けっきょくなにも「察して」いません、というとぼけた調子で答えた。

「……そうでしたっけね?」

「注意したんだけど、施術中は手袋するから平気だって。そういう問題だと思う? 病院とはいえ接客業だし、身だしなみに構うなとは言わないけど、うちの院長けっこうゆるいから。先輩がやってるからいいと思わないで、そういうの、自分で気をつけてね」

そう言って目を伏せた直線のまぶたには、茶色いアイシャドウが走らせてあった。

拇印を押した指をざっと拭ったようなその塗り方を見て、コサインとタンジェントは目の前の相手の「接客業」という割り切りようと、おざなりな化粧の仕方の一貫性に感心した。

サインはといえば、すっかり泣きださんばかりだった。

この人、苦手。

いや、案外素直な人かもしれんよ。まっすぐすぎて、もはや皮肉になってないし。

冗談めかしてそうタンジェントが慰め、それから彼女は「直線」になった。

その二日を経てサインとコサインは互いに譲らない静かな交渉を重ね、とうとう見かねたタンジェントがあいだを取って九時半出勤で合意させた。日によって行く時間を変えるのはバレたときに気まずい、という点だけは、めずらしくサインもコサインも同意見だった。

3

勢いよくドアベルを鳴らして院長が現れたのは、いつもどおり開院五分前だった。

「おはようございます」

サインはとっさに笑顔を作り、それからすぐ、となりにいる直線の存在を気にして目尻の角度を調整する。

「やあやあ、おはよう。うちの看板娘たちはきょうも美人だね」

受付のふたりに向かって言う院長は、真冬にもかかわらず、潔く剃り上げた頭のてっぺんまで日焼けしている。きっと若いころはサーファーだったに違いない、とタンジェントは決めてかかっている。現に、ハワイだかグアムだかに彼を「ダダ」と呼ぶ姪がいるのだと聞いたことがあった。

「もう娘という年齢ではありません。彼女はともかく」

にこりともせず応じる直線に、院長は「なに言ってんの、まだいけるって」と笑った。本気で拒否されているとは思わないらしい。

「そうだ、きょうは昼休みの電話番どっちだっけ。森ちゃん？　悪いけど、きょう嫁が来るからさ。もし僕がいないときだったら、荷物預かっといてくれるかな」

「わかりました」

サインが従順に答えると、院長は満足げにうなずいて奥にある院長室へと消えた。その背中を見送ってから、直線がぽつりと、しかし確実に返事を求める声量でつぶやく。

「嫁、だって」

サインには、なにを言われたのかわからなかった。

え、と訊き返すと、直線は同じ台詞を言い直した。となりからだと横顔しか見えないが、それでも、さっきまではなかったしわが薄く眉間に浮かんでいるのがわかる。

「いまどき、嫁だって」

ほんとですよね、いまどき嫁だって。家の女だって。感覚、古すぎですよね。

やめえや、もう。いちおう雇用主やで。

コサインが意気揚々と言おうとするのを、タンジェントが即座に制止する。だがほんの少しの差で、一部は実際に声になってしまった。

「家の、女」

サインがはっとしたときには直線は顔を上げ、促すように切れ長の目を細めていた。

家の女。

結婚したら、女は「家のもの」になる。

では、結婚していない、実家も出ている自分は、いったいだれのものにあたるのだろう？だれのものでもない、自分は自分だ、などと言い切るには、いまの生活はあまりに心もとない気が、少なくともサインにはしている。

「あー……えっと、うちが好きだから、自分も『嫁』だなって」

直線の表情が、傍目《はため》にもあきらかなほどさっと褪《あ》せた。

そのまま釣銭の確認へと戻っていく。コサインは憤慨しつつ、ナーススリッパの踵で床を踏みにじった。

ばっかじゃないの。そういう問題じゃないって、少し考えたらわかるでしょ。

じゃあ、どういう問題なん？

タンジェントの質問は、それこそ問題外と言わんばかりに無視される。

「なにしてるの」

ぼそりと訊かれて、え、とサインが返した声はうわずったものになった。

「だから、好きなんでしょう。うちにいるの。いつも、帰ったらなにしてるの」

釣銭の確認を続けながら、直線は言った。彼女がそんなサービス精神を発揮するとは予想していなかったサインは、どう答えたらいいかわからず静かにうろたえる。

「森ちゃん、ひとり暮らしだよね。テレビでも見てるの」

「いや、テレビはほとんど……」

「じゃ、ネットフリックスとかアマプラ？　最近そういう人のほうが多いよね」

「えーと、じつはそれも詳しくないというか……ドラマや映画って流れているあいだ、ずっと画面の前にいなきゃいけないじゃないですか。なんだか、それがつらくて」

「だいたいの人はそういう、没入できるものを求めて見るんじゃないの？　現実を忘れる時間というか、非日常を」

「そう……なんですかね？」

直線が出す会話の助け船のつもりらしいものは、軌道がまっすぐすぎてサインには息苦しい。うまく紡げない言葉が喉に詰まって涙が滲みそうになる。見かねてタンジェントが交代したが、かといって、これという返事は思いつかなかった。

「そういうのありますか？　これを励みにがんばろう、みたいな」

苦しまぎれに船を引き返させると、しばらく沈黙が波間に浮かべたように漂う。

「ラーメンかな」

サインはいたたまれずにうつむかせていた顔を上げ、直線を凝視した。相変わらずそっけない表情だったが、黙っていたのは律儀に考えていたからだったらしいことが、作業を止めてつんと上向いた顎の角度から察せられた。

「ラーメン？」

「週末はあそこに食べに行って、近くに美術館があるから寄ってみよう、とか。今週は三杯いったからジムで走ろう、じゃあそこでこんな音楽を聴こう、とか。それを中心に、生活を組み立てている感じ」

「へえ、すごい。よっぽどお好きなんですね」

「好きというか」

今度は直線のほうが、めずらしく言いよどんだ。いつもは迷いのない視線がしばらく所在なげな蝶のようにさまよい、やがてそれが、壁にかかったアナログ時計の上で静止する。

「時計の真ん中の、点みたいなもの。とりあえず中心にひとつなにか置いて、そのまわりを巡っていないといろいろ持て余すから。お金とか、時間とか、精神も」

「ああ、その感覚わかります」

直線はまた、物言いたげにこちらを見た。そういえば自分にとってそれがなんなのかを訊かれていたのだ、とサインは思い出し、タンジェントのうかつな相槌が恨めしくなる。

「それにしても、意外ですね。そんなに細いのに」

「そういうのいいから」

一刀両断の返しにすくみ上がった、そのタイミングで電話が鳴ったので、サインは天の助けとばかりにさっと受話器を取った。

「はい、デルタ歯科医院でございます」

この手の仕事はサインに任せておけばいいので、コサインとタンジェントはつかのま暇になる。

口角を上げながら高い声を出すサインを後目に、不機嫌に沈黙していたコサインに対してタンジェントがゲームを持ちかける。コサインが乗り気になったので、昔から手持ち無沙汰になったときの癖である連想遊びが始まった。今回のテーマは、女偏のつく漢字。

まずは、嫁。

皮肉っぽくコサインが言い、ほな娘で、とタンジェントがことさら陽気に返す。

好き……ふん、女は子供が好き、良い女は我が娘、家の女は嫁。ばっかみたい。

まあまあ。次はあたしな。姉……女の市場で、姉？　どういう意味なんかなぁ。

知らないけど。じゃあ、妹。

うーん……あ、嫁が出たから、姑。

古い女、だって。えげつないなぁもう……じゃあ、姉の書き換えで、姐。

えーっとえーっと……「はい、十時開院ですので予約も十時から承っております」あ、そっか。開始の始。

ちょっと！　なにそれ、ずるい。

盲点やったなぁ。なんなん、女の台って？

さあね。それじゃあ——

意地悪くサインを意識しながら、コサインが返す。

媚びる、っていうのはどう？

なんで女の眉なんやろ、媚びるって。

うそぶくタンジェントに、知らない、とコサインがそっけなく答える。そろそろ飽きているらしい。ゲームが終わりかけた矢先、あ、もう一個あった、ううん二個、いやもっと、とタンジェントの語気が弾んだのは、サインが通話の切れる音を待って受話器を置き、森ちゃん、と直線が言ったのとほぼ同じタイミングだった。

「前から思ってたんだけど。電話口だとさ、けっこう声が違うんだね」

なぁに?

婚姻。と、嫉妬。

4

「あのぉ。新人さん、留学するから辞めるそうですー」

早番と遅番の交代時刻である午後四時ちょうどに入ってくるなり、曲線は受付に向かって右手をひらつかせながらそう告げた。

「こっちに連絡なかったんだけど」

となりから言ったのは、もちろん直線だった。

直線と曲線のシフトはほとんど重ならないものの、交代の際の数分間だけはどうしても接触が避けられない。サインは直線の無愛想な声色に肩を縮め、コサインは曲線の間延びした口調に眉をひそめた。タンジェントは溜まった領収書を帳簿に貼りつけながら、さりげなく下を向いてサインとコサインの様子を隠蔽する。

たしかに院長が、新しいアルバイトの面接をしたとは言っていた。採用したのは音楽大学のピアノ科に通っている女子大生だとも。音大生だよ音大生、と声を弾ませる様子に、キモ、とコサインは唇だけでつぶやいていた。

　つねにマスクをしているせいか、コサインの無声で毒づく癖は最近より顕著になった。それでおとなしくなってくれるならとサインは見て見ぬふりをしているが、タンジェントは毎回律儀にたしなめる。あかんって、いつかほんまに声に出してもうたらどうすんの？

　ともあれ直線や曲線いわく、ふたりとも、彼女にはそれぞれ一度会っただけらしい。いちおう二回は出勤したことになる。本来なら、きょうが彼女との初対面になるはずだった。

「はい、ＬＩＮＥが来ましたぁ」

「そういう大事な連絡は、本人が事前に直接するのが礼儀でしょ」

「でも、すごく急に決まったそうなんでぇ」

「そういう問題じゃないと思うけど」

　じゃあ、どういう問題ですか？

　タンジェントは顔を上げる。妙に生々しく脳内に響いたので、曲線が言ったのかと勘違いしたのだ。もちろん彼女はそんな真似はせず、聞こえないふりを貫いている。

「森ちゃんも、そう思うよね？」

　顔の動きに反応したのか、直線がこちらを向いてはっきりと訊《たず》ねる。曲線は黙っていたが、なにも言わない時点で流れをこちらに任せてきたのが明白だ。

「あー……きょう予定ないので、代わりに残りましょうか?」

とっさに対応したのは、いつものごとくタンジェントだった。言葉の内容は直線に、視線と表情は曲線のほうに寄せることで、かろうじてふたりのあいだでバランスをとった。

「森ちゃんは優しいね」

直線はあきれたように言い、曲線は矛先《ほこさき》が逸れた隙にさっさと着替えに行ってしまった。

サインは怯えていることを悟られないように直線から目を背け、その流れた視線の先にある曲線の揺れる尻を見ながらコサインは音にならない舌打ちをした。

けっきょくその提案は院長にも採用され、急遽、短い休憩を挟んだだけで曲線と一緒に閉院まで残ることになった。

「森ちゃーん、お疲れさまぁ」

なにもかもがまっすぐな直線に対し、曲線はすべてがゆるやかにうねっている。

ヘアアイロンで巻いた髪は仕事中でも耳にかけるだけで結ばないので、いつも肩のあたりでゆらゆらと揺れては直線の眉をひそめさせている。つぶらな目に生えた睫毛はいつもマスカラでくっきりとカーブを補強してあるし、語尾の伸ばし方も、記号にすると「ー」ではなく「〜」だとタンジェントは思っている。

「このあと空いてる？　院長からね、急に交代頼んじゃったからお疲れさまーってことで飲まないかって連絡来て。あの人、こういうときに行けるトコいろいろ知ってるから」

お疲れって思うならとっとと帰してよね。

コサインが顔に出しかけたのを、タンジェントが即座に無難な愛想笑いに修正した。

「ほんとですか？　はい、ぜひ」

そんなやりとりをよそに、サインは曲線が持ったデコレーションまみれのスマートフォン、正確にはそこに添えられた爪にぼんやりと見とれている。

曲線のネイルはだいたい三週間に一度のペースで変わる。自分で塗っているのかプロによるものなのかはわからないが、どちらにせよ、並々ならぬ力が注がれているのは明白だ。きょうはピンクの霞のようなマーブル模様で、薬指の爪だけ白く塗り、すべての根元にゴールドのストーンを載せている。

「レジ閉めるから、先に着替えててねぇ」

「はい、わかりました」

バックルームで制服を脱ぎながら、無意識のうちに視線は壁際、ハンガーにかかった曲線の私服に引き寄せられていた。曲線の曲線たる所以《ゆえん》の最たるものがファッションで、彼女はフリルやパフスリーブ、ラッフルにドレープといった、ウェーブを最大限に生かすモチーフを愛用している。直線が好むデニムやTシャツのたぐいは絶対に着ない。

きょうは、ベリーの模様を一面に散らしたクリーム色のワンピースだった。砂時計のように胸元と裾にボリュームがあり、くびれた部分は大きなリボンで絞るデザインになっている。足元には爪先のふくらんだ上げ底のパンプス（オデコ靴って呼ぶんやっけ、だいぶハゲてるけどええんかな、とタンジェントはいつも思う）が置かれ、くるぶし丈のレースの靴下が中に突っ込んである。引き算という発想のないそれは、午前中の直線との会話のせいか、タンジェントにラーメンの全部盛りを彷彿とさせた。

ほらほら。あんたの行く末だよ、かわいいお化け。

着替えを終えるやいなや、コサインは使用済みの注射針でも持つようにワンピースの裾をつまみ、サインに向かってこれ見よがしに揺らしてみせた。沈黙するサインの代わりに、タンジェントが苦笑する。

まあまあ、本人が好きでやってるんやしええやないの。それに、さっちゃんはここまで少女趣味やなかったよ。なぁ、さっちゃん？

サインが反応する前にナーススリッパの足音が近づいてきて、あわててタンジェントはコサインに指を引っ込めさせた。

5

院長に指定されたのは、歯科医院から歩いて十分ほどの場所にあるイタリアンバルだった。テナントの案内板だけでも自己主張の強い、小洒落た店ばかりであることが一目でわかるビルの地下一階で、明かりを落とした店内はすべて半個室になっている。妙に髪型を決めたウェイターにコートを預けて最奥の四人掛けテーブルに入っていくと、予約の患者がいなくなるとほぼ同時に「片付け頼むね」と先に出ていた院長が、すでに上機嫌でワイングラスを傾けていた。

「お疲れさまー」

ただでさえ赤黒い顔色をアルコールでますます濃くした院長は、当然のように曲線を自分のとなりに座らせてからななめ向かいの席を「ほら、森ちゃんも早く」と指さした。

「ビールでいいよね。料理は苦手なものとかある？」

「辛《から》いもの以外なら大丈夫です。すみません、お手洗い行ってきていいですか」

いったん席を立ったのはスマートフォンを確認するためだったが、個室で見た画面には圏外のマークが表示されていた。

マウスウォッシュや化粧直し用の綿棒まで用意された、それでいて、不親切に感じるほど薄暗い洗面所で鏡と向かい合う。視界が悪い中でもはっきりと見て取れるくらい、コサインは濁った白目や青黒いクマによって激しく不機嫌を主張していた。サインはマスクをずらし、努力してぐっと口角を吊り上げる。

おなか減ったなぁ、ごはん楽しみやね。

タンジェントがとりなすように語りかけても、反応はなかった。

トイレから戻ると同時に、やーだー、という甲高い声が響いた。

言葉とは裏腹に、曲線が笑いながら院長の肩を叩いている。しかも腕まで使ってしなだれかかるように。すでに来ていたビールで乾杯するとふたりはすぐに話の続きにかかり、それはどうも常連らしい、曲線をいたく気に入っているという男性患者のことだった。

「でさ、とんでもないこと言うんだよ。『あの子は治療中に胸を押しつけてくるし、お釣りや診察券を渡すときにかならず手を触ってくる。間違いなく俺に気がある』だって。そんなわけないじゃんね？」

「そりゃそうですよー」

「もちろん、あんまり困らせないでくれって注意したんだけどさ。『歯科助手なんてエロい仕事してる時点で、それくらい織り込み済みじゃないの？』とか言って聞く耳持たないわけ。

まいっちゃうよなぁ。まだいるんだね、このご時世にああいうの」

あははぁ、という曲線の笑い声は、コサインの耳に妙にそらぞらしく響く。

「でもきみ、たしかにちょっと距離近すぎだから気をつけなよ」

「うそー、どこがですかぁ？」

「ほらそういうとこ！　森ちゃんは、こんな悪い女になっちゃダメだからね」

サインがビールグラスに口をつけて時間稼ぎをするあいだに、どうにかタンジェントが無難な返答を絞り出した。

「そんな、めっそうもない。生まれながらに女子力が違いますよ」

「えー、森ちゃんだってかわいいのにー」

曲線はネイルの施された両手の指を組み合わせ、まんざらでもなさそうに言う。

「ほら、きみも見習いなさいよ、この謙虚さ！」

ほっとすると同時に、院長が邪気のない大声で割り込んできた。

「意外とねー、森ちゃんみたいな控えめなタイプのほうがさっさといい男に見つかって、良妻賢母として幸せになれたりするんだよ？」

蛇足きわまりないフォローにサインは慄然とし、さしものタンジェントもまごついたが、曲線の笑みは氷像のように崩れなかった。

「そうかもですねぇ。森ちゃんって見るからに真面目だし、変なセクハラとか受けなさそうだもん。やっぱり、あたしみたいなタイプって軽そうに思われちゃうのかな……」

「そういうんじゃないけど、まあ、魔性というか小悪魔というか」

「でも、こう見えて付き合うと意外と尽くす系なんですよ？」

「へー！　なにそれ、初耳なんだけど。得意料理とかあるわけ？」

「当たり前じゃないですかぁ」

　場数が違う、とタンジェントは曲線に心から敬意を払う。この人はさんざんこうやって、ほかの女と比較され、優劣をつけられ、それに対してその時々で最適解を叩き出すことで、そこにいる相手を空間ごと支配してきたのだ。

　さきほどのウェイターが料理を運んできた。なじみのない野菜ばかりのバーニャカウダと、アンティパスト、という大層な名前がついた子供用かと見紛うサイズの前菜の盛り合わせ。一食浮かせる気満々でいたタンジェントが、うそやん、と天井を仰ぐ。

　早くメインの料理来んかなぁ。

　のんきな悲鳴を後目に、サインとコサインは眼前の会話に神経を注いでいた。

「ともあれふたりとも、なんかあったら遠慮なく言うんだよ？　おじさんは心配だよー、うちで働く子はみーんな、俺の娘みたいなもんだから」

　院長は悪い人ではない。職業柄か、身だしなみには気を遣っているので口臭はもちろん加齢臭も薄く、この年代の男性にしては清潔感を保っている。めったに不機嫌にならないし、乱暴な言葉遣いもしない。たまに「いつものお礼だよ」と近所の洋菓子店のプリンを差し入れたり、残業代をはずんだりもしてくれる。家庭人としてもそれなりにやっている様子で、きょうも美人の妻が、お揃いの服を着た双子の娘を連れてにこやかに（コサインいわく「我が物顔で」）訪れて大きなデパートの紙袋を預けていった。

「森ちゃんがまた体壊しちゃったら、俺もつらいしね。やっぱり女の子はがんばりすぎちゃダメだよー。あんまり偉くなると女性はどうも。ほら、政治家とか活動家とかさ」

　それでも時折こういう言動が出るのは、本人の資質以前の問題かもしれない。

「あゝいう人たち見ても、ぜんぜん幸せそうじゃないでしょ？　けっきょく、男ってだけで変に敵視したり競い合ったりしないで、いい男を見抜く能力を磨くのが女の子の幸せになる最短ルートだと思うんだよね。森ちゃんもこの人を見習って賢くやりなさい」

　そう言って院長は、となりにいる曲線の肩をぽんぽんと叩いた。

　死んでくんないかな、このおっさん。

　コサインが即座に吐き捨て、サインはあわや飛び出しかけた毒を微笑とビールグラスで封じた。

死なれたら、うちらが路頭に迷うだけやって。

タンジェントが冗談めかしてなだめたが、逆効果だった。それはコサインの不機嫌、その場をぶち壊しにしたいという衝動を、むしろ助長してしまう。ただ、そんな言葉をうっかり口から滑らせようにも、サインが唇に隙間を作らせまいとしてぎゅっと見事な半月型に引き結んでいるため実現には至らない。

コサインは八つ当たりじみた空想をする。自分たちを「娘のように」思っているという院長の家族である妻、彼に「嫁」と呼ばれているあの女は、夫のこういうところをどう捉えているんだろう？　自分なら、こんな男に養われるくらいなら。生死を握られるくらいなら。

「もちろん、男の言いなりになれって意味じゃないからね。現にうちは女の子にセクハラする患者は問答無用で出禁だし。俺はいまどきの、ネットの口コミなんか恐れないよ」

院長かっこいー、とやや棒読みで、しかし語尾を上げることでうまくそれをごまかしながら曲線が言う。

「きみも、変なことされたらすぐ報告しなさいね」

されてからでは遅いのでは、とタンジェントは訝《いぶか》ったが、言われた当人である曲線はといえば、とくに疑問に思う様子もなく「はぁい」と即答した。

「でも一瞬、ちょっと考えちゃった。うち、かわいい子ばっかりだからさ。現にあの患者だって月イチで来るし。それをもっと売り出していけば、きみたちの時給も上げられて結果オーライだったりして……って、これもセクハラになるのかな。ごめんごめん」

セクハラかなって付け加えりゃなに言ってもいいと思うなよ。免罪符じゃねーんだよ。

コサインの叫びは、サインが素早く口に運んだ生ハムにふさがれて声にならなかった。

しゃあないって、そういう時代の人やもん。

タンジェントの気軽なフォローも、ますますコサインのいらだちを募らせる。

それにしたって、いまがそうじゃないことくらいふつうに生きてりゃわかるじゃん。それともなに？　生きてないの？　化石なの？　琥珀の中に閉じ込められた虫みたいな？

とっさに吐き捨てたその発想を、思いのほかコサインは気に入る。

そうだ、そうに違いない。旧式の価値観に閉じ込められ、内側からそれを打破するだけの知性も褪せた化石男。女は、若者は、いまどきは、と理解の範疇に押し込めたつもりで、現実には自分のほうが見放されていることに無自覚なまま、幸せに一生を終えてくれるのをこちらは待っていればいい。

お待たせいたしました、とにんにくの匂いが漂ってきた。

次にやってきたのはアラビアータのペンネで、あきらかにトマトだけではない真っ赤なソースの上に、たっぷりと唐辛子らしきものが散らしてある。席を立つ前、たしかに辛いものは苦手だと伝えたはずだ。嫌がらせかとコサインは、そしてサインすらも訝ったが、院長は「遠慮せずにどんどん食べな」と笑っている。

まあ、酔うてる人あるあるやんな。一瞬前のこと忘れるって。

だれよりも食事をあてにしていたはずのタンジェントがいち早く気を取り直し、鷹揚《おうよう》にフォローを入れた。サインがすぐさま同意し、それに押されてコサインもしぶしぶ抗議をあきらめる。そして院長のとなりにいる曲線の、アラビアータ大好きなんですー、と歓声を上げながらパスタを取り分ける、楽しげな笑顔をわざと凝視する。

差し出された皿を半笑いで受け取り、無理やりひと口食べると案の定、かっと鼻から喉までが焼けついた。あわてて小さなグラスに入った水を飲み干し、足りずにビールを口に含む。ちょくちょく飲んでいるのにさっきから中身がほとんど減らないのは、本当は炭酸が苦手だからであり、わざわざ会話に割り込んでおかわりを頼むのが面倒だからでもある。

「それにしても、あの子にはまいったな。ごめんね森ちゃん」

院長と曲線の追加した赤ワインが注がれ、もっともらしい説明とともにボトルが置かれたところで急に矛先を向けられて、サインもコサインもタンジェントも、へ、と間抜けな声を出した。

「ほら、例の音大の」

「……ああ、いやいや。すごいですよね、留学なんて」

院長と曲線は顔を見合わせ、一瞬置いてから揃って笑い声を上げた。

「なーに言ってんの！　そんなの、ばっくれるための嘘だって」

「え、でも」

「だいたい留学なんて、そんな急に決まるもんじゃないでしょ。やだなぁ、森ちゃんは純粋なんだから。悪い男に騙されないように気をつけてよ」

「はぁ……」

「すみませんでしたぁ。なんか、嘘でしょ？　って訊くのも気まずくてぇ」

「べつにいいよ。森ちゃんがいてくれたし、そもそもきみのせいでもあるまいし……どうしたの、まーた怒られでもしちゃった？」

「えー、そんな、だれのことですかぁ？」

「なに言ってんの、わかってるくせに！」

この女、やっぱり嫌いだわ。

やっと少し落ち着いてきていたコサインはふたたび激昂し、まるで笑われているのが自分であるかのように、サインとタンジェントにあらためて宣言した。サインは黙って引き続きビールを飲むふりをしつつ、ひそかにそこに息を吹き込んでぷつぷつと泡を立てる。

「あの人は厳しいからね。どう森ちゃん、一緒にやってて大変じゃない？」

「いいえ、まったく」

タンジェントがとぼけて放った返事にもコサインの怒気が少し混ざり、いつもより強くなった口調は意図せず直線のそれに似た。いまごろ彼女は、ひとり気楽にラーメンをすすっているのだろうか。そう考えるだけで、コサインはますます飢餓感を覚える。

奥まった席にいるせいか、店員はなかなか水を注ぎに来ない。にんにくの匂いのせいで空腹ばかり掻き立てられる。

そこにあるのに食べられないって、童話みたい。

苦笑しつつ、タンジェントは帰りにコンビニに寄ろうと提案する。却下はされなかったが、サインは深夜のカロリーが及ぼす影響を思って遠い目になり、コサインはコンビニで一食分を満たすための対価を時給換算して鼻息を噴き出した。

「……しかし困ったね。やっぱり、あっちに頼むしかないのかなぁ」

ふと気がつくと院長は笑顔を引っ込め、溜息まじりに頬杖を突いていた。

「あっち？」

「うん。まあ、アテはないことないのよ。うちの姉貴の子供でさ。大学院を中退して、バイト探してるっていう若いのなんだけど」

「へー、いいじゃないですか。なにか問題あるんですか？」

「それがさぁ」

院長はぐっとテーブルの中央まで身を乗り出し――コサインは思わず肩を引いた――まるで重大な秘密でも打ち明けるように「男なんだよ」とつぶやいた。お、と、こ。

タンジェントが思わず興味本位で訊ねた。

「その方、資格とかお持ちなんですか？」

「いや、ない。でもさぁ、姉貴がすげぇ強引なわけ。この多様性の時代に、歯科助手が女性でないといけない理由なんかないでしょう、って」

多様性。その言葉を、院長はうっかり飲み込みかけた小さな種でも出すように口にした。

「まあ一理あるけど、ほら、歯科医院に男がいると、やっぱみんな医者だと思っちゃうじゃん？　それにうちは女性の患者さんも多いから、男に囲まれると変に警戒しちゃうかもしれないし。そのへんでトラブルが起こったりすると、こう……」

「姉貴」とやらの筋の通った理屈に比べると、院長の反論は妙にしどろもどろだった。へえ、とコサインは感心する。まともな身内もいるのね。

「でも、こうなったらしょうがないよなぁ。うちも人手不足だし」

「大学院まで行くって、アタマよさそー。どんな子なんですか？」

院長のほうにぐっと身を寄せながら、次に訊ねたのは曲線だった。

「じつは、俺もガキのころ以来会ってないのよ。どうも変わりもんで、親戚の集まりとか顔出さないんだよね。上京して大学に通ってたのも最近知ったくらいで」

「へー、気になるー」

「なに、オヤジキラーかと思ったら今度は若いの行くつもり？」

「やーだ、違いますよ。だって無職なんでしょう？　ヒモじゃないですかぁ」

相手の意志は無視らしい。曲線のこの自信、相手が異性であるかぎり主導権を握るのは自分だという誇りに満ちた態度が、サインはときどき無性にうらやましくなる。

「たしかにねー。大学院辞めてからは、ほとんど家から出ずに本を読んだりパソコンでなんか書いたり、どっちかしかしない生活だったらしいよ。気分転換がてらバイトでもしろって姉貴が勧めたら、ちょっとうちでの仕事に興味示して、めずらしいって話が進んじゃって」

「やだ、なんかオタクっぽーい。大丈夫なんですかぁ？」

「まあ、親戚の職場で妙なことしでかさないでしょう。ただ、昔からそういうところはあったなぁ。歳の近い従兄弟とかが遊んでても加わろうとしないで、隅っこのほうで難しそうな本ばっかり読んでさ。あんなんでいいのかって姉貴に訊いたんだけど、よけいな口を挟むなって一蹴されちゃった」

「えー、いがーい。院長、お姉さんには頭が上がらないんですねぇ」

「あれにかなう人はそうそういないって。きみも、会ってみりゃわかるよ……」

ふたりの会話を聞きながら、とんとん、と無意識に指がテーブルをフリックする。最後にスマホを見たのは昼休みで、もう十時間近く経っている。大幅なタイムロスだ。たとえ曲線を待たせてでも、歯科医院を出る前に確認しておけばよかった。

はやく農場の様子を見たい。

だれからともなく強く思い、だれからも異論は出ない。

けっきょく店を出るまでにまともに口にできたのは、グラス半分のビールと少しの野菜、生ハムと串刺しのオリーブだけだった。会計を済ませて階段を上がると、院長はややふらついた足で当然のように曲線を連れてエレベーターに乗り「じゃ、大人組はもう一軒行くかね。森ちゃんお疲れ」とボタンを押した。

サインとコサインのひそかな溜息が混ざり合う。コサインのそれは完全に安堵からきたものだが、サインのそれにはどことなく傷ついたような苦みが含まれていた。敏感に気がついたコサインが、皮肉っぽく、というには痛々しい調子で嚙みついてゆく。

なに、このおっさんに口説かれたいわけ？

そんなんじゃないよ。わかってるくせに。

わからないし、わかりたくもないってば。

「どうも、ごちそうさまでしたー」

そのやりとりを後目にタンジェントは明るく言い、扉が閉まるまで頭を下げる。

ふう、とふたたび溜息をつきつつ上げた視線の先で、エレベーターの階数表示が「7」で止まる。案内板を下から上へとなぞっていくと、そこはこのビルの最上階で、バーの名前らしい横文字が秘密めかした金色の字体で書かれてあった。

6

農場は正三角形を描いている。

動物を育てる牧場エリア、作物を育てる畑エリア、そこでの収穫物で加工品を作る工場エリア。それぞれが、デフォルトで設置された納屋とサイロを中心に三方向に拡がっている。外縁を結ぶときれいな正三角形が描かれ、その均衡を崩さないように気をつけさえすれば、深く考えなくても全体をバランスよく発展させていける。

ログインしたらまず、入口脇の掲示板をチェックする。貼り出された注文書に従って農作物や加工品を売るのだ。レベルの高いものや手の込んだものほど高値がつくし、時間もかかるので優先的にこなす必要があった。小学校の給食センターからのアップルパイと、近所の老夫婦からのマルゲリータピザにまずは狙いを定める。

頭の中でざっと段取りを確認して、スワイプで牧場エリアに移動した。

乳牛からミルクを搾れるようになるまでにかかる時間は、餌やりをしてから十分。ニワトリが卵を産むまでは三十分。羊から毛を刈れるまで一時間。ヤギのミルクが搾れるまで三時間。そして、豚から肉が獲れるまでは六時間かかる。案の定、デフォルメされた動物たちの頭上に表示されたゲージは満タンで、家畜たちはいまや遅しと収穫を待っていた。コマンドを選択すると、羊はバリカンで自分の体を撫で回してウールを差し出す。ヤギや牛は乳首に瓶を嵌めて搾り取り、ニワトリはカゴに入ってぽこぽこと卵を産み落とす（つまり、ここにいるのはみんなメスなのだろうか？）。

最後に豚肉を回収するべく、まるまると太って寝転がる豚たちをタップした。はじめてこの作業をしたときはどんな光景が繰り広げられるのかと少し緊張したが、なんということもない。タップするとサウナらしき機械が現れ、豚はそこに入って汗をかくうちにみるみる痩せ細っていく。スリムな体で出てくると同時に、豚肉のアイコンと「収穫完了！」のマークが表示される。いやなんで、と最初こそ突っ込んだものの、いまやどうとも思わなくなった。

動物にひととおり餌をやったら、今度は畑エリアに移動する。果物や穀物を収穫して水やりを済ませ、最後に工場エリアに向かった。仕込んでおいた加工品を回収したあと、まずは飼料工場で穀物をブレンドして動物たちの餌を作る（発展した牧場に対し工場はひとつではもう追いつかず、三つ並んでフル稼働している）。それから、受けた注文に応じてスワイプとタップでさきほどの収穫物を振り分ける。たとえば、小麦を石臼に入れると五分で小麦粉ができる。酪農用の機械にミルクを注ぐとチーズやバターができる。その完成した小麦粉とバターをリンゴと一緒にオーブンに放り込むと二十分でアップルパイになり、同じく小麦粉とチーズにトマトと豚肉を加えて石焼き窯に設置すると、三時間でピザが焼き上がる——そんな具合に。

土地を相続した天涯孤独の主人公が、荒廃しきったそこを農場として復興する。そんな単純な海外製のシミュレーションゲームは、どう翻訳したのかところどころテロップの日本語が拙《つたな》い。いちばん最初、なにもない土地にリンゴの木を植えたときからそうだった。

『おめでとうございます。
あなたの　新しい人生はいま、始まるわ
さあ、ここにリンゴを植えろ！』

数秒で実ったリンゴ——レベルが低いものほど回収までの時間が短く、価格も安い——を収穫し、売り、コインと経験値を稼ぐまでがチュートリアルだった。あとは同じことの繰り返しだ。コインで苗を買い、動物を飼い、工場を設置し加工品を作り、それを売ってまた、コインと経験値を稼ぐ。

待ち時間のあいだに、育成サイクルが早いリンゴ、小麦、牛乳などはまた収穫可能になる。それを見るとつい回収してしまい、そうなると売買や加工もしたくなる。あと少し経験値が溜まればレベルが上がる。農場のスペースも拡張できるし、入手できる収穫物や、作れる加工品の種類も追加されるのだ。

また画面をスワイプする。ただでさえ、きょうは昼休みから深夜まで空いたのだ。それだけあればなにが回収できた？　こまめに掲示板をチェックして注文をこなしていかないと、放置するだけますます無駄になる。タイムオーバーやペナルティはないが、なにかできたのになにもしなかった、という空白感に耐えられずつい気が急《せ》いてしまう。

毎晩、この連続で過ぎていく。

部屋に着いたときには「六時間は寝たい」と切望していたはずが、少しのつもりでゲームを起動するとすぐ「四時間半寝れば平気だろう」になり、しだいに「まあ三時間もあれば」になる。一時間半刻みなのはレム睡眠とノンレム睡眠の切り替わる周期がちょうどそれくらいで、目覚めがよくなると聞いたことがあるからだ。

——うちで、なにしてるの。

あの質問に正直に答えるなら、これになるのだろう。

ただ、そんな正直さはきっと求められていないし、求められていないものを差し出す必要はない。ただでさえ、予期しない形でさまざまなものを削られながら生きているのだから。

それでも正三角形を保ちさえすれば、深く考えなくてもなんとかやっていける。

ブルーライトが眠りを妨げることは重々承知しているが、幸いきょうは自然と睡魔が訪れ、スマートフォンが手からこぼれ落ちると同時にまぶたがどろんと閉じた。意識が途切れる直前、視界に映った画面に表示されていた時刻は午前四時三十七分。目覚まし用のアラームは、七時にセットしてある。

7

あの子、かわいい。

倦《う》むほど人がいる朝の電車で、サインはずっとそう繰り返している。

その女子高生は反対側の入口近くに立ち、ナイロンのスクールバッグを肩にかけて、右手で吊革につかまりながら左手に持った参考書を読んでいた。制服の垢抜けたデザインとわざわざ電車で通学しているところからして、どこかの私立学校の生徒だろう。白い肌には桃のようにみずみずしい血色が滲み、まっすぐな髪は肩のあたりで内巻きに入っている。なにより「いい」のは一心に本に見入っている横顔で、少し憂いを帯びたたたずまいは、もうすっかり死語になった「深窓の令嬢」という言葉をサインに連想させた。

なに、あの短いスカート。

そう水を差したのは、当然のごとくコサインだった。

そりゃ、露出が多いからってエロい目で見たり、ましてや痴漢なんかしたりするほうが圧倒的に悪いけどさ。だからって、ああいうのを安易にちやほやするのもどうなわけ？

そうピリピリせんでもええやん。ほんま、若いってええねぇ。

前半はコサイン、後半はサインに語りかけてから、タンジェントはことさらおばさんくさく目を細めてみせた。

ねぇ、という語尾で同意を求められていることはわかったが、サインには女子高生を「かわいい」と思うのが「若いっていい」と感じたからなのか、それとも違う理由なのか、ぴんと来ない。だが、説明しようにも適切な表現が考えつかないし、なによりこのままでいればコサインの相手をタンジェントに任せられそうなので、ひとまず沈黙しておく。

案の定、コサインはタンジェントに向かって嚙みついていった。

だから、そうやって無責任に若さイコール魅力って持てはやすのがよくないんだって。そういう戦略を仕掛けてくるのは大の男たちなのに、まんまと踊らされてどうすんの？
まあまあ。それは置いといても、ああいう自然体の清楚な感じって素敵やん。
自然体？　清楚？　ほどよく膝が出るけどギリギリ太ももは見えないスカートが？　輪郭を小さく見せるために顔まわりにしっかり垂らした髪が？　あたしたち、とっくに知ってるでしょ。ああいうのの舞台裏。

　コサインの言葉が合図だったかのように、急ブレーキで電車が止まった。車体が揺れ、サインが毎朝、丹念なブローで整えている髪がばさりと乱れる。

　反対側のドアが開く。乗客の何人かが邪魔にならないよういったん外に出るが、集中している女子高生は気づかない。もちろん通行の妨げになってはいるが、彼女を避ける周囲の乗客に不快そうな様子はなく、むしろ湧き水を踏まないことにも似た、自然な心がけに思えた。
ぼんやりとサインが見とれているうちに、もうひとり、同じ制服を着た女子高生が現れた。

　そして入口脇に立っている彼女に近づき、華奢な肩をばあんと音を立てて叩いた。

　乱暴な仕草に、サインは思わず息を呑んだ。

　だが次の瞬間、叩かれた女子高生は読んでいた本を閉じ、それで相手の肩をぱあんと叩き返した。大きな動作の拍子にスクールバッグがぐるりと反転する。さっきまで死角になっていたその裏側には、派手なビーズのストラップやら巨大なぬいぐるみやらがびっしりとぶら下がっている。

「いってぇし、ってかおはよぉー」

顎関節が壊れたような声が響いた途端、車内の空気がまた少し淀んだ。

「わざわざ小テストのために勉強してんの？　えらいじゃん、ウチ捨ててる」

「萎えるわー、こんな公式どうせ一生使わないのに」

「言えてる。どうでもいいことに限って忘れらんないしね」

「マジ若い脳の無駄遣いなんだけど！」

ほらね、とコサインが鼻を鳴らした。あんなもんよ。

まあ、しゃーないよ。お友達とつるむのが楽しくてたまらない歳やもん。

タンジェントが年上らしい許容を見せる一方で、サインはまともに落胆している。あの、さしてかわいくないもうひとりさえ来なければ、彼女はずっと「かわいい」ままだったのに。

そう考えるとさっき一瞬心配したこと——彼女がいじめられている——が、いっそ事実だったらよかったのにという気までしてくる。

なんで？

そのほうが、かわいいから。

無防備なサインの答えを、コサインが罵ろうとした矢先だった。

「うるせえな、静かにしろよっ」

怒号の主はもちろんコサインではなく、反対側の入口近くに座っていた男だった。スーツこそ着ていないが、うらぶれた雰囲気もない。とりたてて屈強でも強面《こわもて》でもなく、どちらかと言えば貧相な印象さえある。現にその声に周囲が身を引いてはっきりと姿が見えるまで、男の存在は景色の一部でしかなかった。おそらく、彼女たちも同じ感想だったのだろう。

「こんなご時世に騒ぐな、非常識なんだよ。それになぁ、おまえらと違ってこっちは毎日働いてんだ、電車でくらい寝てぇんだよ」

声の矛先は、心なしか「かわいい」ほうに偏っていた。少なくともサインとコサインにはそう見えた。あまり呂律《ろれつ》は回っていないが、断片だけでもなにを言いたいかはおおよそ察しがつく。それこそテストの穴埋め問題のように。

おれたち（大人が）（男が）毎日（働いてるから）おまえらは（生きていける）なのに（調子に乗るな）（おれの前で、くれぐれも調子に乗るな）。

「じゃあ、そっちこそ静かにしろよ！」

そう叫んだのは、ふたりの女子高生のうち後から乗ってきたほうだった。

同じくらいの背格好の友人をさりげなく庇《かば》い、思いのほか高くか細い声に極力ドスをきかせている。これまで「かわいくないほう」でしかなかった彼女が、とたんに独立した存在感を帯びた。サインもコサインもタンジェントも、そこに内包された震え、墨が足りないままの筆で書かされた文字のような、不安げな掠れを敏感に感じ取る。

もしも正しく声を上げられるなら、いったい彼女はなにを言いたいのだろう？

穴埋め問題の答えは聞き取れなかった。男が激昂してふたたび喚きだしたからだ。

「なんっだその口のききかたはぁ！」

さすがに車両が色めき立つ中、次に着いたのはまだ職場の最寄り駅ではなかった。

だがサインとコサインとタンジェントはめずらしく一瞬で合意を取り、人波に紛れてそそくさと降りた。サインは恐怖、コサインは侮蔑、タンジェントは日和見を動機として。

コサインはすぐほかの車両に乗り直そうとしたが、サインが強硬に動こうとしなかった。立ちすくむあいだにも何度か人と肩がぶつかったので、タンジェントがサインをどうにかなだめすかしてホームの端のベンチへと足を運ぶ。へたりこむように座ったサインは鞄を抱えて顔を伏せ、自分の鼓動だけに意識を集中しようと努める。

発車ベルが鳴り、アナウンスが響き、電車が出ていく音がして、ホームに怒声も悲鳴もないことを確認しても、サインはしばらく顔を上げなかった。

かわいそうにね、あの子たち。

緊張の糸をゆるめようと、タンジェントはわざと大げさに嘆息する。

　ほんとね。何様なの、ああいうおっさん。

同調してコサインも毒づくが、一方で友人の陰に隠れるばかりだった「かわいいほう」へのいらだちも禁じ得なかった。

もちろん、あの男を庇う余地はない。だが怒鳴られる前のやりとりを見るかぎり、彼女と友人の関係性は対等なはずだ。それなのにあの立ち位置はどうだろう？　都合が悪くなったと見るや必要以上にか弱く装い、当然のように後始末を人に押しつけようとする態度は大いに気に食わない。

なんなの、自分が怒鳴られたわけでもないのにだらしない。遅刻するよ。

　いつしかコサインは、震えるサインに「かわいいほう」への怒りをぶつけている。

ほんと成長しないんだから。もう子供じゃないのに。

舌打ちまじりに足を踏み鳴らされても、サインはじっと息を殺している。黙っていれば、タンジェントが割って入るかコサインが怒り疲れるか、どちらにせよ、いつかは終わる。

　そう、黙っていれば終わったことなのだ。それなのに、どうして「かわいくないほう」は抵抗なんかしたんだろう？　そもそも彼女さえ来なければあの子はずっと「かわいい」まま、あんな目に遭わなくて済んだかもしれないのに。

——あの子さえ、いなければ。

サインとコサインの声はいつのまにか共鳴し、ひとつになって響き合う。

そんな中、タンジェントは思いを馳せる。

男は「静かにしろよ」という震える声に「なんだその口のききかたは」と返した。そのとき車内に、そしてこの体の中にも、ほんのわずかだが、それに同調するかすかな静電気のようなものが共通感覚として一瞬、流れた。サインとコサインは自分の感情に気をとられて意識しなかったようだが、タンジェントは、たとえばじっと横になっている人間が他人の気づかない微細な地震を知覚するように、鋭敏にそれを感じ取っていた。

もし怒鳴られたのが男の子だったら、同じ反応をしたとして、この揺れは存在しただろうか——その場合同じことが起こったかまず疑問だが、起こったものと仮定しよう。存在したなら、その子はそれを収めるために「そちらこそ静かになさってください」とお願いすればよかったのか？　いや、その理屈が通るなら、あの男こそ最初にそれを試みるべきだった。あの状況ではやはり一度相手と同じ土俵に下り、似たような言葉を使うのがとっさの対処法としてはまっとうな気がする。そしてそのとき、おそらく揺れは比較的小さかったはずだ。

たとえば防犯ブザーのような自衛の言葉。あくまで自分の身を守るためのやむを得ない手段として一線を保っている、世間に違和感なく納得してもらえる反撃の言葉を、彼女たちは持ち合わせていない。だから、どうあっても攻撃性が高い「男の言葉」を使うしかなかった。

世間に納得？

あんな非常事態に、なんのためにそんなものが必要なのか？

タンジェントの埒《らち》もない思考の流れを、サインとコサインは気に留めない。サインは鞄を抱く腕にぎゅっと力を込め、かたくなに丸くなって胎児の姿勢を保っている。視界に入る手はまだ小刻みに震えている。それを見たコサインはますますいらだって、左の爪先で右の踵を何度も蹴りつける。

その様子を観察しつつ、遅刻覚悟でサインが落ち着くまで休憩すべきか、コサインの言うとおり出勤すべきか、タンジェントは注意深く出方をうかがっている。

8

けっきょくタンジェントは、いつもより十五分遅く、始業より十五分早い時刻の出勤を提案した。サインとコサインのバランスを図ったつもりだが、それは双方の機嫌をとるのではなく、むしろ少しずつ同じだけ機嫌を損ねる行為だった。

でも、とタンジェントは思う。一方が壊れてしまえばどのみち共倒れになるのだから、ほかに方法はない。

いつもより重いドアを寄りかかるように開けると、院内にはすでに有線放送が流れ、受付には直線ともうひとり、真新しい薄緑の制服に身を包んだ若い男がいた。

すでに息も絶え絶えだったサインは一瞬、ぎょっとした。路上の看板の位置から直線が来ているのはわかっていたが、となりにいるのがさっきの男に見えたのだ。だが、すぐに我に返った。マスクで顔の下半分は隠れ、座っていて体つきがわからないとはいえ、よく見れば共通しているのは性別だけだ。容姿も年格好も、まるで似ていない。

「森ちゃん」

直線が立ち上がる。サインはただでさえ冷たい爪先がますますひやりとするのを感じたが、予想に反して直線は準備を手伝わなかったことを咎めるでもなく、あっさりした仕草でとなりにいる若い男を手のひらで指し示した。

「はじめてだよね？　新人くん。シフト勘違いしちゃったんだって。さっき院長に連絡とって、きょうはいつもより予約も多いし、研修がてら働いていくことになったから」

「すみません。曜日感覚が狂っていて」

「間違えかたが豪快だよね」

直線は口調こそそっけないが、めずらしく声が少し笑っている。

「よろしくお願いします」

頭を下げる「新人くん」に挨拶を返しながら、面食いのサインは少々落胆し、足を引っ張られるのが嫌いなコサインは一抹の不安を覚えた。ただ、落胆も不安も劇的に評価を落とすほどではない。逆に言えば、それほどの個性にはなっていない。

緊張しているふうではない。その態度は「ふてぶてしい」「生意気」というほど感じが悪くないが、かといって「堂々たる」「老成」と言えるほどの長所にはなりそうもない。もっとも近いのは「超然」か「飄々」か。いずれにせよ本人の意志ではなく、生まれながらにしてこのままで、ずっと損なわれず生きてきたという様子だった。こういう人ってたまにいるなぁ、しかも決まって男、とタンジェントは偏見に基づいて断ずる。

歳は若そうだが、二十代から三十代前半までだったらいくつと言われても驚かない。髪は長くないが、特徴的な短さでもない。急遽取り寄せたらしい制服は少しゆるく彼の体を覆っているが、おそらく中肉中背。性別を置き換えたとして、曲線ほど肉感的でも直線ほど細身でもない。特徴――目が大きい。それは本来なら美形のアイコンだが、彼の場合は茫洋と穴のようにそこに開いているだけで、たとえば知性や明るさといった、人間性の出入口としての作用を成していない。たしかに（曜日を間違えて来たことからもわかるとおり）多少ぼんやりとはしているようだが、院長が言った「変わりもん」を決定づけるほどの特徴は垣間見られない。

ふつうのひと。

だれからともなくそう感想を漏らし、全員がそれに同意する。

「こちらには、どれくらいお勤めなんですか」

そう訊いた声も、高くも低くも大きくも小さくもなく、ごく「ふつう」だ。

「あー森ちゃんはわりと短いの。まだ一年とかだよね？」

「いえ、二年目です。その前はほかの仕事を」

直線の言葉を遮ったのは、さっきまでふてくされていたコサインだった。

「ご迷惑かけると思いますが、いろいろ教えてください」

ほかの仕事、について言及するでもなく、また「新人くん」は同じ角度に頭を下げた。

拍子抜けしつつ、コサインはうなずいてバックルームに向かった。いつも以上に動作の遅いサインを急かしながら「かわいい」制服に腕を通していると、受付から直線の低い、だが予想外に楽しげな笑い声が聞こえてきた。直線のあんな声ははじめてだ、とコサインは思う。あの人、ああいう気働きのなさそうなタイプは嫌いなイメージだったのに。

やっぱり異性だと違うのかな。

そう考えて、裏切られた心地さえ覚える。

院長の言ったとおり、その日はふだんよりもあわただしかった。

予約の数が多い上に、総じて抜歯や根管治療といった時間のかかる施術で、さらには飛び込みの患者も来た。直線は「新人くん」の指導に回りがちで、必然的に治療補助に片付けに準備、会計、電話対応まで、コサインがほとんどひとりでこなさなければいけなかった。それに加えて、サインが朝の出来事からなかなか立ち直ろうとしないせいで、いつもであれば造作もないことにも妙に手間がかかる気がする。

いいかげんにしてよ。バイトとはいえお金もらってるんだからね。

コサインが何度も叱ったが、サインは返事すらせず、代わりにタンジェントがいつものように口を挟んできてサインを庇った。

まあまあ、さっちゃんは繊細なんやから。そう責めんといてよ。

何度かそのやりとりが繰り返された末、ついにコサインは耐えかねて、持っていた銀のトレイを両手でバックルームのシンクに叩きつけた。

ふざけないでよ。あんたたちのぶんまで苦労するの、だれだと思ってんの？

コサインは患者の歯型を取る印象材を練っていた。アルジネートと呼ばれるピンクの粉末に少しずつ水を混ぜ、ゴム状のほどよい弾力が残るまで練ったところで、専用のトレイに載せて患者に嚙ませる。一見簡単そうだがスピードと正確さを同時に要求される作業で、手早くやらないとすぐに固まってしまうし、雑に混ぜると粉がダマになって残る。できあがりは歯がずぶずぶ沈んで形が崩れるほどやわらかくてはいけないし、もちろん歯が立たないほど固くてもいけない。

働きはじめたばかりのころ、あらゆる仕事をしつこいほど細かく教えてくれた直線に、唯一「ここはいいや」とさじを投げられたのがこの作業だった。面倒くさがりの曲線すら自分でやったほうが速いと判断したらしく、これだけはどんなに忙しくても頼んでこない。そのままなしくずしになり、気がつけばいまさら「できない」と言い出すことすら――少なくともコサインにとっては――ためらわれるほどの、長い時間が経っていた。

人には得意不得意があるんやから、やってもらえるもんなら任せたらええやんか。なんでもかんでも抱え込んだら身がもたんよ。

ずっと生真面目に焦りを感じつづけていたコサインを、そう、同じ回数だけなだめたのはタンジェントだった。

「練ってきてくれる？」

院長が患者の口を覗いたままそう指示したとき、コサインは動揺を態度に出さずにうなずくのがやっとだった。目的語さえ省いたその言い方から、こちらがそれを苦手としている、あるいはできないかもしれない、などとは、想定すらされていないことがあきらかだった。

　だからあたしが言ったのに。ちゃんと教わり直すか、練習したほうがいいって。

　すでに二回分のアルジネートを無駄にしたコサインは、タンジェントに向かって募っていた不満を一気にぶつけた。

　あんたっていつもそう。こっちは真剣に生きてるのに茶化してばっか。肝腎なことから目を逸らしてばっか。あたしはきちんと自立して人に恥じない仕事をしたいだけなのに、いつだってあんたが足を引っ張るの。どうせ役に立たないなら、せめて黙っててよ。

　さしものタンジェントも、返す言葉を失った。

　コサインの呼吸が浅くなり、しだいに肩が上がっていっていること、そして、いつもの癖で唇がしきりと声のない罵倒を繰り返していることに、タンジェントは早々に気づき、なんとか緩和させる方法はないかと模索していた。だが、こうなってはもはや手遅れだ。深呼吸を促すことも、冗談で場を和ますこともかなわない。コサインがコンパスさながら大股で広げる足に蹴立てられるように意識の外へと追われ、そこでなるべく気に障らないよう縮こまって、息をひそめているよりほかになかった。サインはといえば、そもそも飛び火を恐れて死角に隠れたまま、一切口を挟まなかった。

　だからコサインの悲鳴が聞こえたとき、サインとタンジェントにはなにが起こったのか、とっさにはわからなかった。

同時にコサインが目を閉じたせいで、一瞬なんの情報も入ってこなかった。ただ、顔から胸にかけて、ぬめるような、べたつくような、不吉な感触があった。とくに頬のあたりに違和感を覚え、おそるおそる触れてみたサインは思わず上げそうになった悲鳴を押し殺す。ななめに下ろした前髪と耳の前で垂らした毛束、サインが長年飼っているペットのように愛情を注いで毎朝手入れしているそれが、べったりと濡れて惨めに乱れていた。

タンジェントがそこでようやく目を開けた。

診療用の椅子に座ったまま、紙コップを手にした患者が眼前にいる。コップはうがい用の見慣れたものだ。薬やら血やら唾液やらの充満した口をゆすぐにはやや物足りず、だいたいの患者が二回か三回、人によっては五回も「おかわり」する。小さすぎてほかに用途がないせいか意外とスーパーやコンビニには置いておらず、わざわざ医療用の通販カタログでゴム手袋やマスクと一緒に発注している。

もっとふつうのでいいのに、とタンジェントがつねづね疑問を持っていたそれの、たった一杯分が、肌に貼りつくほど髪を湿らせ、制服の上半分を濡らしていた。

ここまでの量がどこに、とタンジェントは驚嘆する。目の前の相手の悪意によって中身が膨張したとしか思えない。そして、それを証明するように彼だか彼女だかはぐしゃりと紙コップを握りつぶし、顔面を歪めて、きれいにしたばかりのはずの口で叫びだした。

彼だか彼女だか、と思ったのは、実際、どちらか判然としなかったからだ。灰色の短い髪、地味な服装、丸みがかった小柄な体。どこにも筋肉や胸のふくらみといった、性別に関する記号がない。あったとしても、表情や大声といった明瞭な怒りの発露に塗りつぶされている。よく観察すればわかるのかもしれないが、すぐそばで怒り狂っている相手を「観察する」のは至難の業だ。

この人だれ？　カルテに名前、なんて書いてあったっけ。

タンジェントがコサインに問いかけるが、コサインは答えない。

しかたなく、タンジェントはわけがわからないなりに善処する。いかにも申し訳なさそうに頭を下げる一方で、相手の全身を上目遣いに盗み見ながら手がかりを探す。だが、やはりわからない。一番のヒントは喚き立てられる言葉の内容であるはずだ、と右耳を心持ち相手に近づけてもみるが、単なる大音量としてしか響かない。

……ねえ、もしかして。

サインがおずおずと、タンジェントにだけ耳打ちする。

やっちゃったんじゃない？　あれ。

その意図するところは、タンジェントにもすぐにぴんと来た。不機嫌なときのコサインの悪癖。口元がマスクに隠れているのをいいことに無声音で相手を罵倒する、タンジェントがいつもたしなめていた、あの習慣。

　聞かれてもうたってこと？

　一方でコサインは、サインとタンジェントの内緒話に注意を傾ける余裕もない。相手から少しだけ遠い左耳を使って、同じ怒号を聞いている。そしてその中から、自分への非難めいたフレーズだけを敏感に拾い上げる。ありえない。非常識な小娘。社会人失格。信じられない。いままでなにをしてきたのか。親の顔が見たい。

「あなた、いったい働きだして何年目なのっ」

　コサインは両手をぎゅっと握った。水を被っていない場所なのに、濡れている。間違いは許されない、答えによってはさらなる地獄が待っていると、サインもコサインもタンジェントもだれからともなく直感していた。口腔に酸っぱい唾液がじわりと湧く。冷や汗ならぬ冷や唾、とタンジェントは考えたが、コサインには届きすらしなかった。

　に、と言いかけたコサインの唇を、ぎゅっとつぐませたのはサインだった。

　ふだんのサインに似ず、素早い判断だった。コサインの返事をかすかな吐息に変え、いったん唾液をすべて飲み下す。そして確固たる決意をもって結んだ唇をゆるめ、しかし震える声の響きだけは保ったまま、答えた。

「ここでは、一年とちょっとです」

目の前で吊り上がっていた眉尻から、ほんの少しだけ力が抜けた。あ、とコサインが口を開きかけたとき、院長が割って入ってきた。

「いや、申し訳ありません。うちの若い子が失礼をいたしまして」

コサインはやっと、周囲の状況に気がついた。

ふたつある診療台のうち、一方には中年の男性患者がいて、倒れたままのリクライニングからわざわざ上体を起こして様子をうかがっている。その脇には直線が立っていた。直線は即座に彼の椅子をもとの角度に戻し、あのコップ一杯分だけうがいさせるやいなや、待合室へと向かわせた。ついさっきまで彼を治療していたらしい院長は、おそらくタンジェントと同じようにわけもわからないまま平身低頭している。それでいて、どこか有無を言わせぬ調子で「あちらでお話を伺いますから」と奥にある院長室のドアを指さした。平身低頭しつつ相手の声のボリュームを下げ、平身低頭しつつ立ち上がらせ、平身低頭しつつ誘導し、平身低頭しつつ自分が開けたドアの中へと招き入れる。

いずれもタンジェントには、そしてコサインにも、できなかったことだった。

院長についていくべきではないか、とコサインは思った。だが、足が動かなかった。それがサインの足止めのせいばかりではないことも、認めざるを得なかった。直線がさっときびすを返した。

受付にいる「新人くん」の面倒を見に行くのだろう、とコサインは予想していた。だが、彼女は当然のように院長の後に続き、閉まりかけたドアの隙間から院長室へと滑り込んだ。両手でドアを支えながら振り返り、呆然とするコサインの視線を捕まえて、バックルームに向かって顎をしゃくるような仕草をしてみせる。

そしてこちらに背を向け、あらためて丁寧にドアを閉め直した。一瞬だったが、コサインの目にはその背中がくっきりと焼きついた。自分と同じ「かわいい」制服を着て、似たような位置で髪をくくった後ろ姿を、まるで自分の身代わりのようだと感じた。ただ、もちろん違いはある。直線はいつも前髪をピンで留めているし、耳の前にばかげた毛束を垂らしてもいない。

コサインはおそるおそる右の頬に触れた。ぺったりと肌に貼りついた髪、いつも輪郭を隠すべくサインが垂らしているそれを、耳にかける。直線のあの仕草は、身だしなみを整えろということだろうか。たしかに、この有様をなんとかしなくては。

バックルームは中央に置いたアコーディオンカーテンを境目に、手前が流し台兼物置、奥が更衣室になっている。奥には姿見もあるが、コサインはそれを確認したがるサインを後目に流しの前に立ったまま、タオルで顔をごしごしとこすった。肌が赤くなるほど強い力に、いたいよ、とサインが抗議しても耳を貸さない。むしろ、ますます力を入れる。

だがコサインが本当にいらだっているのは、何年目なの、という質問に凍りついた自分自身に対してだ。

しかも、その空白に滑り込んできたのはよりにもよってサインだった。あそこでだれがどう答えようが結果は同じだった。そう自分に言い聞かせてはみても、たしかに一瞬、攻撃の手がゆるめられたことを認めないわけにはいかない。

コサインはあのとき、サインとタンジェントが体の前でこっそりと右手と左手をつなぎ合わせたことを知っている。まるでスポーツマンがお互いを労《ねぎら》うように。ナイスプレー、ナイスアシスト、ハイタッチ。

死ねばいいのに。

つぶやこうとするが、声が出ない。さっきまで調子づいて足を広げていた反動は思った以上に大きく、コサインは、自分が痩せ細って消えてしまいそうな気さえしてくる。

呆然と手が止まった隙に、タンジェントはタオルを流し台の脇にあるドラム式洗濯機の中に放り込んだ。それを待ちかねたようにサインはそそくさと更衣室に入り、姿見の前へと直行する。湿ってすだれ状になった前髪をなんとかしようとしきりに撫でつけていると、待合室から院長の「どうも、このたびは」という調子のいい声が聞こえてきた。

状況にそぐわない牧歌的なドアベルがやむと、やれやれ、と院長がつぶやいた。

「森ちゃーん、もう大丈夫だよ」

そのひとことを合図に、サインはやっと小走りで診療室に戻る。愛玩犬のような反応に、コサインは皮肉のひとつも浮かばなかった。

「災難だったねぇ」

そう笑う院長のとなりで、直線は散らかったままの診療台を物言いたげに凝視していた。顎をしゃくるあのジェスチャーは「片付けておけ」という意味だったのだと、コサインはそこでようやく気がついた。どうしてわからなかったのか。自分が信じられない。

「気にしなくていいからね。ただでさえ、このご時世でみんな過敏になってるし。それに、そうでなくてもたまにいるんだよ、ああいうおかしなの」

院長からぽんぽんと肩を叩かれても、拒否さえできないほどコサインは消耗していた。自分がしでかしたなんらかの失態が、院長に伝わっていない――少なくともまともに取り合われていないらしいと安堵してしまう、そのことにさえ自己嫌悪する。タンジェントはそんなコサインのフォローに手一杯で、院長の対応まで気が及ばない。

「すみません」

だから、消え入りそうな声でなんとかそう言ったのは、サインだった。

「あーもう、そんな泣きそうな声出さないでよー。ほら、笑って笑って。せっかくのかわいい顔が台無しだよ」

「かわいくなかったら、いいんですか」

コサインがはっと顔を上げたのは、口にしたのが自分かと錯覚したからだった。

実際につぶやいたのは、直線だった。

サインは首をすくめたが、そのいつも以上にまっすぐな眼差しは院長ひとりに注がれている。タンジェントがとりあえず静観を決め込む一方で、まるであたしなんか見えてすらいないみたいだ、と、コサインはまた衝撃を受ける。

「なーに言ってんの。うちで働いてる子はみんなかわいいよ」

軽薄な誘い笑いにも、直線はつられなかった。

院長は大げさな笑顔を引っ込め、坊主に近いほど刈り上げた頭をさっと撫でた。院長がたまに見せる、自分で自分という存在の感触を楽しんでいるかのようなこの仕草が、コサインは生理的に嫌いだった。

「あのさあ轟《とどろき》さん。きみ、そういうとこあるよ。やめてよそういうの」

溜息とともに吐き出されたのは、這うような低い声だった。

「そりゃ、きみから見れば俺なんか、デリカシーのないジジイかもしれないけどさ。老害ってやつ？　でも、俺たちがそこそこがんばってきたから、きみらだっていま、こうしていられるわけじゃない。きみらよりひと世代もふた世代も前に生まれて、そういう教育を受けてそれが正しいって刷り込まれてきて、もう、なかなか変えようもないんだよ。それでも俺なりに、なんとか折り合いつけてうまくやろうとしてるのにさぁ。そんなふうにいちいち難癖つけられたら、これ以上、どうしたらいいかわかんないよ」

院長のこんな声をはじめて聞いたという事実より、それが切り札として行使されているという直感が、またしてもコサインの口に酸っぱい唾液を湧かせた。家畜に鞭をふるうように。あるいは、老犬がふいに牙を剝くように。胃が萎縮し、足が震え、だれかにすがりついていないとまともに立つことすらままならない。

ひとりでも立てるようになりたいと、ずっと願ってきたのに。

だれにも恥じない存在でありたいと、ずっと努力してきたのに。

今度こそ、今度こそと思ったのに。

院長とコサインの視線を受けた直線は、少し喉を動かしてから口を開いた。

「すみません」

いつもとは違う、焦点の定まらないぼんやりとした声だった。死にかけて行き場を失った蝶のようだ、というコサインの力ない連想に、タンジェントはエレベーターの「閉」ボタン、サインが日頃からリボンか蝶に似ていると思って眺めていた、二等辺三角形がお互いの頂点を寄せ合った記号を頭に浮かべた。

院長は気まずそうに直線から目を逸らした。

それから、獲物を見つけた肉食動物のように俊敏な仕草でさっと体ごと横に向けて、よりいっそう大きな声を出した。

「あのさ、きみもきみだよ」

それが受付に放たれたものだとわかったのは、事の次第を座って見守っていたらしい「新人くん」の「……はい?」という声が聞こえたからだ。クエスチョンマークの部分はしごく控えめだったが、驚いていることは明白だった。

「ずーっとそこに座ってたんでしょ? 仮にも男なんだから、トラブルがあったら自分が先陣切って出て行こうとか、そういう発想にならなかったわけ?」

理不尽とも思える言葉に、コサインたちはもちろん、直線も口を挟まなかった。

「すみません」

「新人くん」はまんざら嘘でもなさそうに答えたが、生来らしいその気の抜けた口調は、院長をヒートアップさせる効果しかなかったらしい。

「そりゃ、男だから、女のくせに、って考えがもう古いっていうのは、そのとおりだろうと思うよ。でもそれ、目の前で困っている相手を『自分とは関係ないから』って見捨てていいってことじゃないでしょ？　現に、ああいうときには男が出たほうが早いって事実はいまだに厳然としてあるわけじゃない。多様性の時代がどうこう言うけど、俺にはきみらみたいな若い世代がその上澄みだけとって、やりたくないことをやらない、見たくないものを見ないための言い訳にしているようにしか思えないな。トレンドにうまいこと乗っかってさ。そりゃあ気持ちがいいし都合もいいだろうけど、そんな生き方、俺らみたいな『老害』よりよっぽど卑怯だよ」

彼自身が、院長の前で「多様性の時代」などという言葉を口にしたとは思えない。少なくともきょう、院長と彼が開院前におざなりに挨拶を交わしていた様子では、そこまでの深い議論をする仲には見えなかった。それなのに、断定的な物言いだった。院長の姉で「新人くん」の母であるところの女性が彼をアルバイトに推薦したときに放ったという台詞を、コサインはなぜか、聞き流していたつもりにもかかわらず、一字一句違《たが》わず覚えていることに気づく。

「なんにせよ、俺はきみの書いたもんなんか読みたくもないし、そんなのが社会の役に立つとは考えられないね」

電話の呼出音が響いた。

それはちょうどツーコールで途切れ、さっきまで怒鳴られていたとは思えない、変わらぬ調子で「新人くん」が応対を始める。院長は言うだけ言って我に返った様子で、そそくさと院長室へと戻っていった。直線もいつもの平静な様子で、さきほどまで患者が座っていた診療台を指さした。

コサインだけが、いまだに混乱している。

「森ちゃん、悪いけど片付けといて」

「あの――」

コサインは直線のほうへと足を踏み出す。ただ、さっきまでの大股が嘘のように控えめなその歩みは、まっすぐな直線の一瞥で止まってしまう。

「いいよ。院長の言うとおり、こういうことたまにあるから」

「轟さんにも、あったんですか」

直線は微笑んだ。

いつもの皮肉っぽい顔ではなく、妙に少女じみた表情だった。それを見たサインは直線をはじめて「かわいい」と思い、コサインはその感想にますます絶句した。

「森ちゃんも、女の子だね」

それだけ言って、直線は受付へと去っていった。

コサインは頭痛がするほど強く奥歯を嚙みしめる。

ドアベルの音、受付の話し声、有線放送のクラシック、いまはなにも届いてこない。だが、めそめそと落ち込んで仕事を放棄するなんて、そんなことはもうあってはならない。一度失ったものは戻らないのだ。そして失ったが最後、その穴には望みもしないものがどろどろとコンクリートのように流れ込み、気がつけば身動きすらできなくなる。

　コサインはこれまでに味わってきた苦渋を思い返す。なんのために地元で成績と内申点を稼いで東京に出たのか。なんのために足に合わないハイヒールと、それ以上に背伸びした自己PRで武装して就職活動をしたのか。なんのために体を壊すまで前職での激務に耐えたのか。なんのためにドクターストップが出るまで汎用性の高い資格の試験勉強を重ねたのか。

　おれたち（大人が）（男が）毎日（働いてるから）おまえらは（生きていける）なのに（調子に乗るな）（おれの前で、くれぐれも調子に乗るな）。

　サインやタンジェントに口を出される前に、コサインはのろのろと、しかし切れ目ない動きで診療台を片付けはじめる。

　さきほど自分に水をかけて怒鳴り散らした人間の、唾液のついた治療器具を手袋越しにまとめてバックルームに運ぶ。使い捨てのものは蓋つきのゴミ箱に、患者用のエプロンとタオルは洗濯機に、ほかのものはシンクに放り込む。ペーパータオルで飛び散った水滴を拭いてから、手袋を交換して診療台をアルコール消毒し、椅子の角度を整え、新しい治療器具をセットする。替えの紙コップを既定の場所に置くと自動的にセンサーが稼働し、ちょろちょろと情けない音を立ててそこに水が流れ込んだ。

こんなものでだれかを攻撃できるなんて、想像したことのある人がどれだけいるだろう。ましてや、まんまと打ちのめされる人間がいるなんて。

なあ。けっきょく、なにがあったん?

タンジェントののんきな質問、サインの疑わしげな沈黙を無視しつつ、ふいにコサインは思い至る。なにがあったの、とか、どうしたの、とか、コサインが予想、あるいは期待していたような質問を、直線は、ひとつもしてこなかった。

9

このゲームのプレイヤーは世界中に存在するらしく、気が向けば申請をして「友達」にもなれる。だが、試したことはない。その予定もない。だいたいそんな形で他者と接触したがる人種は、こんな二流のゲームになど没頭しないだろう、と思っていた。

ただ、交流を持たずとも、ランダムでほかのプレイヤーの農場を覗きに行く機能がある。こんなものがなぜあるのか、これまで考えたこともなかった。「友達」を選ぶための判断材料だろうか。たとえばゲームのプレイスタイルが似ているなんていう理由でだれかと「友達」になりたがる人が、はたしているんだろうか？

いるんだろう。この世界では、なにがあったっておかしくはないから。

きょうは妙にゲームの進みが悪く、待ち時間ばかり積み重なっていく。ふつうの人はこのあいだに、たとえば家事をしたり、サブスクリプションのサービスで映画や音楽を鑑賞したり、するのかもしれない。生産的な行動をしたり、刺激物を摂取したりするだけの、心の余裕がある人は。

横になったまま、空いた時間でぽんぽんと、さまざまな農場主のもとへと飛んでいく。

主人公の名前はデフォルトで設定してあるが、変更可能なのでほとんどのプレイヤーが自分になじみのある言語で命名し直していた。無秩序に施設を詰め込みすぎてスラム街のように混迷を極めたもの、過疎地のようにぽつぽつと点在しているだけのもの。レベルが低い、あるいは長らく放置されているらしい農場は、だいたいこの二種類だ。

かと思えば、病的なこだわりを見せるプレイヤーもいる。広大な敷地を花壇やハンモック、西部劇のようなガゼボやとぼけた顔の案山子《かかし》で飾り立てて、みずからのレベルの高さを誇示している。ただ依頼をこなすだけでは、ここまで大量の「アクセサリ」はなかなか手に入れられない。どれだけの時間、あるいは――現実の――金をつぎ込んだのだろう。

このゲーム内には二種類の通貨がある。通常のプレイで稼げる「コイン」と、おもに課金で、もしくは「友達」との協力ミッションの報酬として入手できる「クレジット」。後者は札束のアイコンで表示され、使い道はさまざまだ。収穫や加工品の完成までの時間を短縮したり、農場の敷地や商品を保管するための納屋を拡張したり、まだ注文品が揃っていない依頼をクリア扱いにしたりといった、チート的なプレイにも利用できる。だが最たる使い道は、ゲームの進行上とくに必要はないが見栄えよく空間を飾るアイテム、通称「アクセサリ」の購入だった。

欲しいと思ったこともあるが、そのためにわざわざ課金する気はない。そしていざ直面してみると、それは壮観を通り越して異様だった。画面の向こうの彼ら彼女らは、生活のすべてをこの仮想空間の構築に費やしているのか。想像すると、憐れみさえ感じた。

自分の農場に戻る。平均的だが完璧なレーダーチャートのような均整の取れた正三角形を見ていると、これがこの手で作り出せるもっとも美しいものかもしれない、という気すらしてくる。実際はここも、世界規模で見ると平均的なレベルといったところだろう。それでも無課金という事実を加味すれば決して悪くはない。ほらね、と思う。

やっぱりこれが正解だ。少なくとも、上手なやりかただ。

トイレに行きたくなったのをきっかけに、ようやくスマホを置いた。

帰宅してすぐ服を脱ぎ、ベッドにもぐってから一度も立ち上がっていなかった。明かりを消したまま用を足し、洗面所で手を洗い、その手で歯ブラシを持つ。歯を一本ずつ、とくに前歯はブラシを縦にして入念に磨き、泡の残る口に歯間ブラシをかけた。

歯間ブラシを一か月かけないのは、一か月風呂に入らないのと同じなんだよ。嘘だと思うならブラシかけたあとでにおい嗅いでごらん。

採用されたばかりのころ、院長に言われたことがある。曲線などは、女性の患者が来るとブラッシングのあとわざと使用済みの歯間ブラシを相手の鼻先に持っていき、危機感を煽《あお》るらしい。それを伝えながら直線は上がり気味の眉をひそめていたが、当の本人は「営業努力ですよぉ」と平然としていた。

床に食べかけの残骸や脱ぎっぱなしの服を散らかしていても、風呂に入っていなくても、これだけは欠かせない。明かりをつけないのは訪れかけている眠気を覚まさないためでもあり、鏡に映っているだろう顔があまりに獣じみているからでもある。化粧中の女は醜いとよく言うが、歯間ブラシを歯の隙間に差し込むときの顔はその比ではない。

また布団に入り、スマートフォンを握る。丹念な歯磨きのあいだにゲーム内でも時間は進んでおり、顧客の依頼にもようやく応えることができそうだった。一瞬でも明るい歯科医院に戻りかけた意識を、ブルーライトを落とした画面へと強引に引き戻す。

その画面の上部から、滑り込むように電話着信が割り込んできた。

〇八〇から始まる番号。登録はしていない。そもそもＬＩＮＥが主流になってから、スマートフォンを何度か故障させたり紛失したりするうちに電話番号の登録自体がゼロになってしまった。ただ、覚えは確実にある。間断なく動いていた指先が凍りつく。

やがて、あきらめたように留守番電話サービスが立ち上がる。

——もしもーし、お母さんです。

目は画面をまっすぐ見つめ、通話／拒否、の二択の中間から微動だにしない。

——またみかんもらったから、少し送るわ。時間あるとき電話して。じゃあねー。

そう言って、声は途切れた。

10

なにかがおかしい、と最初に訝りだしたのはだれだったか、わからない。

院長にさりげなく乞われて出勤日を増やした。朝、先に出勤しているのはかならず曲線になった。あんなことがあってもなんともない様子の「新人くん」とも、交代のタイミングや患者の多い土曜日に顔を合わせることが増えてきた。そして、その原因であるはずの直線の不在には、示し合わせたように曲線も院長も言及しなかった。

「具合でも悪いんですかね」

バックルームで鉢合わせた「新人くん」に訊かれても、首を傾げるよりほかになかった。

「辞めちゃったのかな」

なにも考えずにサインが言い、なにも考えていないぶんだけ、コサインには声の冷たさが際立って聞こえた。

「急に辞めるような方に見えませんでしたけどね」

「なんでわかるの？」

鋭い調子でそう訊ねたのは、コサインだった。

タンジェントが素早く口を結び、無理やり笑みの形にねじ曲げる。コサインはあの事件以来すっかりおとなしくなり、失言を装った悪戯に興じることもなかったので油断していた。

こんなときまであかんって。深い意味はないんやから。

タンジェント相手に弁明してもわかるまいと考え、コサインは沈黙した。だが、今回はわざとではなかった。あの日以来、ずっと飛び出しそうになっては押し留めていた言葉の矢が、不用意な台詞をきっかけに自然と解き放たれてしまった。

急に辞めるようには見えなかった？

あの人はずっと存在してくれると、当然のように自分の役に立ちつづけてくれると、なぜわかる。そうやって勝手に期待して、そのぶん、なにを彼女に返したのか。

「せめて幸せな理由だったらいいんだけどね。なんだろ、駆け落ちとか？」

しかたなく後を引き受けたのは、例のごとくタンジェントだった。唐突なテンションの差を「新人くん」は不審がる様子もなく、そうですね、と言って洗い物に戻った。

サインからすれば、直線の突然の退場は喜ばしいことだった。

たしかに忙しくはなったものの、あの直線、いきなり姿を消すという無責任な行為をもっとも嫌いそうだった彼女の、フォローをしているという事実に悪い気がしなかった。皮肉を言われなくても揚げ足を取られなくてもやればできる、という感覚はサインの自信になり、それは目の輝きや肌の血色に現れた。反比例するようにコサインの毒舌が鳴りを潜めたことも、サインが活気づく大きな要因になった。むやみに睨まれなくなったので、早番の朝も納得いくまで髪型を整えたり服を選んだりする時間ができた。買い物のために寄り道をする頻度も増し、家計簿をつけるタンジェントの頭を抱えさせていた。

昨夜は生まれてはじめて、ファッションビルの中にあるネイルサロンに飛び込みで入った。ガラス張りのブース状になった店内を覗いて色とりどりのマニキュアの瓶に見とれていたとき、中にいた美人のネイリストがふと顔を上げて目元でサインに微笑みかけた。入口のボードに書かれた割引価格と「すぐご利用いただけます！」というスマイルマーク付きの売り文句にも後押しされ、気がつけば、セイレーンに誘われる船乗りさながら足を動かしていた。

さすがにあかんのちゃう？　いちおう、医療関係の仕事なんやから。

タンジェントがたしなめても、長く抑圧されていた憧れは止められなかった。

平気だよ。曲線さんもやってるのに、あたしだけ怒られることなんてないよ。

とはいえ、いざデザインを決める段階になるとタンジェントも黙っていなかった。接客業なのであまり派手なのはちょっと。ええ、色も自然なほうが。曲線の爪を反面教師にしつつ、けっきょく地爪を活かしたピンクベージュの、サンプル上では「逆フレンチ」と呼ばれている落ち着いたデザインに決めさせた。サインもしぶしぶ同意はしたが、納得しきれない様子は隠せなかったらしい。施術の最後に美しいネイリストはまたしても秘密めかして微笑み、両人差し指の爪の付け根にハート形のストーンをひとつずつ載せた。

「サービスです」

帰る道すがら、そしてけさの通勤中も、サインはずっとその石を親指で撫でていた。

家を出る時間が遅くなったことで、ラッシュから外れた電車に乗れるようになったのも収穫のひとつだった。もう曲線が来ているらしく、エレベーターは五階に上がったまま止まっている。でも、それがいったいなに？　心に余裕ができると些末なことは気にならなくなる。

不満が多かったこのアルバイトにすら、感謝と愛着が芽生えはじめていた。

そういう自分がサインは好きだったし、これが本来の自分だと確信もしていた。こんなにありのままでいられたのはいつ以来だろう？　まだ子供のころ、両親にそれぞれの腕を掴まれてぐっと体を持ち上げてもらったときのような感覚が、自然と全身に湧き上がってくる。浮遊感に解放感、そして全能感。

あたしはこのままでいいんだ。このままがいいんだ。

「おはようございます」

歯科医院に入ると、ちょうど着替えを終えた曲線がバックルームから出てきた。

「おはよぉー」

その指先はきょうも華やかに彩られている。直線がいなくなってからというもの、ますます気合が入ってきているように思えた。赤のグラデーション、白の単色、ピンクのレオパード柄の三パターンを巧みに塗り分けた十枚の爪に、サインは見とれた。こちらの手元にも曲線の視線がちらりと留まった気がしたが、なにも言われなかった。

曲線は多忙に紛れて口数が減った。つかみどころのなかった丸い空気がやや角を帯び、動きもきびきびとして、この人も先輩なのだと頼もしく感じられることすらあった。それでも朝、ビルの入口にがらんとできた看板ひとつぶんの空間を目にするたび、コサインは埋まらない穴の大きさを感じずにはいられなかった。

曲線が診療室の支度を始めたので、受付に入った。留守番電話を解除し、午前中に来院する患者のカルテを準備し、釣銭の支度をする。最後に有線放送のスイッチを入れたところでドアベルが鳴り、院長が入ってきた。

「やあやあ、おはよう」

そう言っていつものように院長室に向かうかと思いきや、その足が止まった。

「ふたりとも、昼に三十分くらい時間くれる？　打ち合わせしたいんだけど」

一時間の昼休みのほぼ半分。コサインが深く考えるまもなく、サインは笑顔で「はい」と答える。なにせ心の余裕があるので、些末なことは気にならない。

「なんの打ち合わせですかぁー？」

一拍置いて、診療室から出てこずに訊ねたのは曲線だった。

「仕事の分担を見直したくてさ。森ちゃんも、そろそろうちに来て長くなってきたし」

院長はなぜか曲線ではなく、受付にいるこちらを見ながら答えた。あくまで直線の不在には触れないつもりらしい。おそらく直線の残した仕事を曲線が引き受け、曲線のぶんがこちらにスライドし、その残りを「新人くん」が引き受ける形になるのだろう。

「そういえば、その爪だけど」

院長がふとそう言ったとき、サインはびくりと顔を上げた。

だが、もう目の前に院長の姿はなかった。声は受付から死角になった診療室で聞こえた。そして、院長はさっきまでのようにふたりに向かって同時に話すのではなく、あきらかに曲線ひとりに対して話しかけていた。

「前から言おうと思って、忘れてた。気になるっていう患者さんがいるんだよ。手袋してるとはいえいちおう医療関係だし、これからは、ちょっと気をつけてくれる？」

曲線の返事は聞こえなかった。実際になにも答えなかったのか、サインがとっさに耳をふさいだせいか、タンジェントにはわからなかった。

「まあまあ。それにほら、ナチュラルなほうが男受けはいいよ」

とりなすように院長が付け加えたので、なにかしらの意思表示はあったらしい。

曲線が戻ってきて、となりに座った。サインはいたたまれずに両手を膝の上に置いたが、その状態では仕事ができないし、なにより、もう手遅れであることは明白だった。

「看板、外に出してきますね」

タンジェントが申し出たのは、曲線ではなく、むしろサインへの配慮だった。

「いいよぉ、そんなの新人くんにでもやってもらえば」

待ちかねたようにサインが腰を浮かせたところに、曲線はいつもの口調で言った。

「男の人のほうが力あるんだから。それとも、なんかのアピール？」

おそるおそる顔を向けると、曲線は目を半円状にして微笑を浮かべている。おそらくマスクの下の唇も同じ形だ。ただ、サインにはそれが「とりあえずこうしておけばいい」というたぐいの表情であることがすぐにわかった。自分にも、身に覚えがあるからだ。

「轟さんってさぁ」

久しぶりに出された、直線の苗字だった。

「美人だったよね」

「……はい。そうですね」

サインはひとまず安心してうなずく。直線はやっぱりいなくなったのだ、そして曲線は理由をある程度はわかっているのだと、その口調から察しがついた。

「それなのにひとりで意地張って、バカみたいだったよね」

タンジェントはドリフト走行するレースカーを思い浮かべた。

急なヘアピンカーブにさしかかった車は、一瞬前まで想像もできなかった急旋回で衝突を避けて走りつづける。予測不能なハンドルさばき。鮮やかなもんや、とタンジェントは感心したが、それどころではないサインにはその能天気さが恨めしい。

「ああいうの、いちばんめんどくさくない？　そこそこきれいなのに、男手は借りずにひとりでがんばりまーす、的な顔する人。力仕事とか男の人は手伝いたがってるんだし、そのほうが早いんだからやってもらえばいいのに。ムキになって『自分でやるからいい』とか言って。自己満足でまわりを戸惑わせてるのに気づかないんだよね」

曲線は、まるでここにいるのがその張本人だとでもいうように、サインを凝視した。

サインが露骨にこわばらせた表情を、タンジェントがどうにか曖昧な笑顔に変える。

「いや、まあ……いまはほら、男女平等社会っていうか。フェミニズム的な」

「ブスでもバカでもババアでも生きやすい社会のために、あたしたち強くて賢い女ががんばってあげてるのーっていうあれ？　そういう人たちって、女は弱くてバカだから黙って従ってればいいんだっていう男の態度がイヤなんでしょ。自分たちとなにが違うわけ？」

曲線がふっと鼻で笑った。この人にも鼻息なんかあるんやな、とタンジェントは当然のことにいまさら思い至り、もしかしたら彼女は喫煙者、あるいは元喫煙者かもしれないという、根拠のない憶測を抱いた。

「だってけっきょくあの人、ひとりで退場しちゃったじゃない」

電話が鳴った。

サインは手を伸ばそうとしたが、曲線が、それこそ直線を思わせる機敏さでさっと遮って代わりに取った。色とりどりの爪が、毒の花のように受話器に絡みつく。

なんなの、この女。

コサインは激昂した。だが、久しぶりの感情の高まりに体がついていかず、立ちくらみを起こしかけてすとんと座り直してしまった。古典小説に出てくる癇癪持ちの貴婦人、怒りや驚愕のあまり失神する、プライドばかり高いヒステリー女のように。そう思うとよけい頭に血が上り、握った拳を太ももにこすりつける。

そして、女の子だね、という直線の言葉を思い出す。

違う、あたしはもう「女の子」じゃない。ねえ、なんでいなくなっちゃったんですか？

まるで邪魔なものでも切り捨てるみたいに。

こいつさえいなければ。あんたさえ、いなければ。

コサインの罵倒を聞きながら、サインは悼《いた》みに沈んでいる。決して自分の手を汚さず、何者にもぶつかることなく、すべての都合の悪いものを退けてきた、優雅にして聡明なる曲線はたったいま死んでしまった。

こちらに横顔を向けたまま電話を受ける彼女の睫毛は、きょうもがっちりとマスカラでコーティングされ上を向いている。目のサイズは平均以下だが、丹念にグラデーションを描いたオレンジ系のシャドウと巧妙なアイラインの賜物でそうは見えない。下まぶたにも涙袋をはっきりさせるパール入りのパウダーがはたいてある。その顔にかけられた労力が、サインには手に取るようにわかった。鼻筋を偽造するハイライト、しもぶくれ気味の輪郭を隠そうと細長く入れたチーク、かたくなに後ろで束ねずアイロンで巻いた髪。

直線の、指でざっと走らせただけの単色塗りのアイシャドウがサインの脳裏をよぎった。たしかに顔の造作だけでいえば、直線はあきらかに曲線よりも上だった。

サインは直線のことも思う。いまごろ、なにをしているんだろう。アルバイトがＬＩＮＥ一本でばっくれたことに目くじらを立てていた人がこんなふうに去っていって、お金がなければ大好きなラーメンも食べられないのに。それとも食べているんだろうか？　悪魔じみた塩と脂の塊を、色気のないひっつめた髪で、鼻水を垂らしながら、体型が崩れたり肌が荒れたりするのもおかまいなしに、家畜が餌箱に顔ごと突っ込むように前のめりで。

「確認いたしますので、少々お待ちください」

通話を保留にして立ち上がりかけた曲線が、あ、と小声で言った。

「森ちゃん、白髪あるよ。耳の上らへん」

「うそっ！」

少女じみた悲鳴を上げたのは、サインだった。曲線は舌で飴を転がすように笑う。

「まだ若いのにねー」

衝撃で凍りつくサインに代わり、タンジェントがにへらと笑って振り向いた。

だが、もう曲線はいなくなっている。タンジェントが得意とする自虐も冗談も、目にする対象がいなければなにもならない。ただ、白髪が生えているという事実だけが残る。

やめてよ、みっともない！

半笑いで硬直するタンジェントに、久しぶりにコサインが怒りをぶちまける。だが、それが八つ当たりであることは、タンジェントはもちろんコサイン自身も承知していた。

曲線の言葉で頭がいっぱいになったサインは、コサインの不機嫌を意にも介さない。

曲線が戻ってきて、また受話器を取った。サインが立ち上がってバックルームに向かいかけたところへ、支度を終えた院長が現れる。

「晶《あき》ちゃん電話してるから、森ちゃん、看板出してきてくれる？」

当然のような口調で、背後からそう引き留められた。

11

曲線の退勤後、患者の途絶えた隙を突いてサインはバックルームに駆け込んだ。

姿見に顔の右半分、曲線にささやきかけられたほうを映し、横目になって耳のあたりを観察する。だが、すでに夕方が近く、薄暗くなってきたせいもあってそれらしきものは見当たらない。何万本とある中のたった一本を、よくあのコンマ数秒で見つけたものだ、とコサインは曲線の着眼点にあきれる。しだいにサインも、もしかしたら光の加減かなにかで間違えられただけかもしれないと、希望的観測を抱きはじめる。な？　気にせんでええって。もう戻ろう。

電話や来院があったらいつでも出られるように、空いた左耳を澄ましていたタンジェントがそっと呼びかける。なかばしぶしぶ、なかば安堵しながら姿見から離れようとしたサインの視界に、それはいきなり飛び込んできた。

サインは仕事のことなどすぐさま忘れ、ふたたび鏡にかじりつく。こめかみの近く、生理が来ると真っ先に痛むあたりにおそるおそる指を這わせる。輪郭を隠すために頰に垂らしている毛束、その中に一筋だけ、あきらかに光を跳ね返す透明な線があった。

それを目にしたとたんサインの思考は停止し、空白になったその脳裏を、ささやかながら大切にしていたいろいろなものが走馬灯のように駆け巡る。

小さいころから抱いて眠るウサギのぬいぐるみ。たまの贅沢に買って帰る果物のタルト。ひとりで対処できないピンチに陥ったとき、だれかが庇って守ってくれること。自分が守られるに値する存在であること。愛してきたありとあらゆるものたち。それを、いつのまにか機嫌を直した（ようにサインは感じる）コサインがいちいち枕詞をつけて汚していく。白髪の生えた女が胸に抱くぬいぐるみ。白髪の生えた女が口の端につけたカスタード。白髪の生えた女に手を差し伸べてくれる王子様。

人間なんやからしゃあないよ。それにほら、白髪の生える年齢なんていろいろやんか。まだ二十代なのにすごい若白髪の人もいるし、そもそも院長みたいに髪がない人だって。

タンジェントの冗談に、サインは目尻をひきつらせた。だが、鏡に映る表情はまったく楽しげではない。

タンジェントは困ってしまう。どうにかなだめるべく頭を撫でようとするが、ちょうど白髪のある部分だったのでサインは邪険にその手を振り払った。いったん発見してしまったそれはもうくっきりとサインの目に焼きつき、毎朝洗面所で身だしなみを整えているのにどうしてわからなかったのか、すでに自分が信じられなかった。こんなにも、こっちを見てくれと言わんばかりの場所にあるのに。

見てくれ？

冗談じゃない。

だって物心ついたころから与えられてきた。疑う余地もない近さと濃さでそれは周囲に溢れていて、血肉にせず生きていくことなど考えられなくて、気がついたら当然のように体の一部になっていた。ピンクにリボンにドレスにハイヒール。それを体現するような、テレビの中で歌って踊るアイドルの女の子たちにも憧れた。幼いころはそれを真似して、家族の前でコンサートごっこをするのがとっておきの楽しみだった。

たしかに成長するにつれ、冷たく水を差してくる友達も出てきた。あんなのが好きなの？　男ウケ狙いでしょ。どうせ裏があるよ。いちばんたちが悪かったのは、大人に搾取されてかわいそう、と彼女たちの意見を無視して訳知り顔で同情してみせる手合いだ。そういう子はあたしとも相性が悪かった、とサインはいまいましく思い返す。興味がないなら口を出さなければいいのに、憐れむふりをして、いずれわかる、とでも言いたげに。それとも自分だけが真実に気づいているつもりだったんだろうか？　かわいいものに熱狂するのも聞こえよがしに矛盾を指摘するのも、無視できない、という根本は同じなのに。

それでも数を頼みにできたから、どうにか自分を保ってこられたのだ。「かわいい」は万人が享受すべき絶対的な美徳であり、それにけちをつけるのは世間になじめない外れ者だという風潮が、暗黙の了解として存在していたから。

これまでは。

「ちくしょう……」

「なんですか？」

ぎょっとして振り向くと、遅番で来たらしい「新人くん」が立っていた。

女性陣と同じ更衣室を使うわけにはいかないので、彼は院長室の一角を着替えの場所として与えられている。ここに現れる理由がない。現にもう、薄緑の制服は着終わっている。

どうして教えてくれなかったの？

教えたよ。でも、さっちゃん鏡に夢中やったから。

サインがタンジェントを責めると、そう溜息をつかれた。サインはそれではじめて、自分がタンジェントの存在を一瞬完全に忘れていたこと、とるにたらない、いないも同然のものとして扱っていたことを自覚した。

「すみません。訊きたいことがあって呼んだんですけど、返事がなかったので」

タンジェントの弁明を裏付けるように「新人くん」は言い、それからさほど深刻でも、かといってまんざら上っ面ばかりでもない口調で「具合でも悪いんですか」と訊いた。同時にぱちんと電気をつけられ、サインはまるで裸をさらしたような心地になる。

「あー、じつはちょっと白髪見つけちゃって。抜こうかと」

へらりと笑ってみせたのは、タンジェントだった。

ちょっと！　なんでよけいなこと言うの？

まあまあ。こういうときは正直になったほうが楽やって。

「抜くとよくないらしいですよ」

泣きそうになりながら立ち尽くすサインを後目に「新人くん」は引き返していき、すぐに、受付にあったらしいハサミを片手に戻ってきた。

「どのへんですか？　……あ、あった。ちょっと待ってくださいね」

ためらうふうでもなく近づいてくる「新人くん」の息がかかるほどの近さにコサインはたじろぐが、サインはおとなしく目を閉じる。そうせずにはいられない。出勤途中で彼が飲んできたのだろう、コーヒーの匂いがかすかにする。

「終わりましたよ」

目を開けると、まるで確認が必要だとでもいうようにそれを手渡された。サインはしぶしぶ受け取り、とりあえず蛍光灯に向かって透かしてみる。

紛《まご》うことなく、凧糸を彷彿とさせるぴんと張りつめた白だった。

人に白髪を切らせたこと、相手が異性であること、すぐに捉えられるほど目立っていたこと、すべてをあらためて客観視させられたようで、サインは天井を仰ぎながらそのまま消えたくなる。やがて本当にタンジェントの陰に隠れてしまい、例によって取り残されたタンジェントはまたにへらと笑い、切ったばかりのそれを目の前の相手に掲げてみせた。

「おどろきの白さ！」

具合でも悪いんですか、と訊いたときと同じ生真面目なトーンで、「染めればいいんじゃないですか」と「新人くん」は言った。

12

ショコラオレンジ、という色を髪にまとわせるための染料はもちろんただの薬品の匂いだったが、仕上げに吹きつけられたスプレー状のトリートメントからはほんのりと柑橘の香りがした。ちょうどいつものが切れたところだし、とコサインやタンジェントになにか言われるより早く弁明して、サインは美容院のレジでそれの値段を訊ねた。

ふだん使っているドラッグストアの特売品と比べれば十倍近い価格で、先日のネイル及びネイルオフにかかった金額と合わせればかなり手痛い出費だったがサインは迷わず購入した。コサインはもちろんタンジェントも難色を示したが、頑として譲らなかった。

いいじゃない、少し我慢すれば。それでだれが困るっていうの？

翌朝、院長は現れるやいなや、下手な役者のように大げさな二度見をした。

サインは肩をすくめかけたが、すぐに先日のバックルームでの「新人くん」との会話を思い出して、ことさらに腹に力を入れた。医療関係だから染めてないって……いまどき茶髪くらいかまわないでしょう。ネイルを注意された？　まあ、爪が長いと手袋が破れるかもしれませんからね。というか、まだなにも言われていないんだから、怒られたらそのときに謝ればいいんじゃないですか？

「森ちゃん、きょう来るの大変だったでしょ」

「……電車とか遅れてましたっけ？」

サインの返事に、院長は手を叩いて笑った。まったくもう、と目を細める表情は、子供の卑猥な言い間違いをわざと訂正せずに楽しむ大人をコサインに連想させた。

「男に声をかけられすぎてって意味だよ。女の子はやっぱ髪型で変わるなぁ」

朝っぱらからまたなんか言ってる、とコサインは毒づいたが、サインは芝居がかった仕草の直前、一瞬だけ本気で目を見張った院長の顔を見逃さなかった。

院長とは対照的に、曲線はちらりと新しい髪型——染めたついでに毛先をゆるく内巻きにしてボブにしたそれを見て、一言「思い切ったねー」とおざなりな反応をしただけだった。だが、時間が経つにつれてサインはその理由を察した。いつも受付や支払いで最低限のことしか話さず、こちらをまともに見もしなかった男性患者たちが「小銭あるから待ってね」「次の予約、悪いけどもう少し早い時間にしてもらえますか？」とおのおのなりに丁寧な態度をとり、去り際にはこちらの目をまっすぐ見て「ありがとう」と言う。そのたびにサインは上機嫌になっていった。悪夢の白髪も消え、血色もよくなり、周囲も親切。いったい一石で何羽落ちたのかとタンジェントは指を折りたくなる。

どいつもこいつも、髪型変えたくらいでバカみたい。

じゃあ、なにが変わればええの？

とぼけた口調で訊くタンジェントに、コサインは舌打ちで答えた。

こうなるともうなにを言ってもサインが耳を貸すことはないと、コサインも経験上よく承知していた。どうして学習しないんだろう――周囲が甘やかすからだ。いつまでもかわいいだけでいればいいんだよ、と都合よく助長させるからだ。その筆頭がタンジェントにほかならない。一度痛い目に遭えばいい――いや、それはだめだ。こっちが迷惑を被る。

人の気も知らないで。

支払い金額を告げたサインの眼前に、いきなり現金と一緒に二つ折りのカードが差し出されたのは、髪を染めてから三度目の出勤のときだった。

「さっきデパートでもらったサンプルなんだけど、あっても邪魔だから」

サインは顔を上げた。必然的に上目遣いになり、相手があからさまにやにさがる。

保険証を見るかぎり、近くの会社、それもサインでも知っているような有名企業に勤めているらしい。平日の夜に歯髄まで達するひどい虫歯を抱えて飛び込んできて、以来、神経の治療を受けつづけている。もはや常連ともいえるが、これまで話しかけられたのは最初に来たときの待ち時間だけだ。不機嫌そうに「まだですか」と三回確認され、申し訳ございません、予約の患者様を優先させていただいておりますので、とタンジェントが鈍感そうな笑顔で答えたら、返ってきたのは露骨な舌打ちだった。飛び込みの患者は大多数が痛みのあまり極限状態にあるのでめずらしいことではない。怒鳴られないだけ御の字だ、と思ったので覚えている。

「……どうも、ありがとうございます」

カードを見ると、たしかに化粧品ブランドのロゴと香水の名前らしきものが印字されている。前者は有名だが、後者は横文字ではあるものの英語ではないので読めない。中には数プッシュぶんほどのテスターが挟んであるらしい。男性会社員がデパートに行って女性物の香水のサンプルをもらう状況について考えるタンジェントを後目に、サインはなかば無意識に笑顔で受け取った。

領収書と釣銭をトレイに載せようとしたとき、一瞬、両側から包み込むように手を握られた。首筋に立った鳥肌には気づかないふりをして、裏側に次の予約を書き込んだ診察券を、今度はトレイをぎりぎりまで手前に引き寄せて渡す。

案の定、男が帰ったとたんコサインが手をしきりに制服の裾で拭いだした。

なにあいつ、気持ち悪。ちょっと、なんで断らないの？

だってプレゼントならまだしもタダだし、邪魔って言ってたし……。

「それ、さっきの患者さんから？」

振り向くと、曲線が手元を覗き込んでいた。

「無料のサンプルみたいです。あっても邪魔っておっしゃっていたので」

さきほどコサインに答えたことを、サインはそのまま伝える。

曲線はまばたき二回ぶんほど沈黙してから、不気味なほど愛想よくにっこりと笑った。

「轟さんはね、患者さんになにか貰いそうになってもぜーんぶ断って、食い下がられたら『宗教上の理由で』って言い張ってたよ」

前かがみになった曲線の胸が、少したわんでいる。その豊かさにサインは目を奪われ、同時に切なくもなった。本来なら彼女は、いちばん効果的なときにだけこの武器の威力を発揮していた。無駄遣いなんか決してしなかった。彼女がこんなに自分に無頓着になったのは、あきらかに直線がいなくなってからだ。

「森ちゃん、カード開けるの楽しみだね」

曲線が意味深長な笑顔とともにささやきかけた、その言葉の意味をサインが知ったのはシフトを終えた帰りぎわだった。

エレベーターの中で渡されたカードを開くと、予想どおり香水のアトマイザーが挟まっていた。なにげなく手首にワンプッシュ吹きかけると甘い匂いが立ち上る。子犬のように鼻を寄せて嗅ぎ、あやしいものではないことを確認しながらもう一度カードを見ると、さきほどまでまるで視界に入らなかったものが目に飛び込んできた。まるで、バックルームの鏡で白髪を見つけたときのように。

カードの隅にはボールペンで、電話番号とＬＩＮＥのＩＤが殴り書きされていた。

ただメモを取っただけかもしれない、と目を逸らそうとするサインの視線を、コサインが無理やり、その上に書かれたメッセージに合わせる。

『近くで待ってるから、仕事終わったら連絡して！』

曲線は知っていたんだ、とサインは悟った。

彼女が胸を押しつけてきた、手を触ってきた、歯科助手なんてそれくらい織り込み済みだと院長に主張していたという患者と、もしかしたら同一人物かもしれない。そうでなくても、たぶんこれはいままでなら曲線がうまくかわしていたこと、もっと言えば、押しつけられてきたことなのだろう。

たかが髪の色を変えたくらいで、それはあっさりこちらへと回ってきた。

違う、と、サインとコサインは同時に思う。

戻ってきたんだ。

逃げきったと思っていたあの場所に、自分たちは戻ってきた。

手首から香水の匂いがする。サインは手を洗いたい強い衝動に駆られた。エレベーターの速度がかつてなく遅い。このまま引き返そうか、とサインは思う。なにかあったらすぐ言いなさい、と、酔っていたとはいえたしかに院長は言った。事情を話して――しかし、駄目、とコサインに割って入られるまでもなく察しがついてしまう。男に声をかけられすぎて大変だろうと笑った相手だ。理解してくれるわけがない。それに、言う前から答えなんてわかっている。よかったじゃない、遊んでおいでよ、減るもんじゃなし、誘われるうちが華だよ。なにがそこまで不満なの？　なんでいけないの？　嫌なら断ればいいのに、どうしてそれだけのことができないの？

そんな言葉に抵抗するために、どれだけ身を削り、心をすり減らせばいい？　五階建てのビルの中に気圧変化があるわけもないのに、さっきから耳鳴りが止まらない。そして、耳鳴りはしだいにサインに対するコサインの糾弾へとすり替わる。だから言ったでしょ。どうして学習しないの？　ねえ、あたし、あんたのやることなすこと理由もなくダメって言っていたわけじゃないじゃない。こういうこともあるかもしれないから注意してたんじゃない。どうしていつも、あたしの努力を台無しにするの？　だって患者さんだし、なにもされないうちに邪険にするのも自意識過剰だし。

へえ。邪険にせずにいい顔しつづけて、ずるずるベッドまで一緒に行くんだ。

違うよ。そんなんじゃない。こんなことのためじゃなかった。

でも、現にこうなったじゃない。男に声をかけられるだろってあのバカ院長に言われて、あんた嬉しかったんでしょ。そんな目で見られないと自分の価値が確認できないんでしょ。よかったね、望みが叶って。これからは世界が変わるんじゃない？

　無意味だとわかっていても、サインは耳をふさぎたくなる。

　だが、香水の匂いが髪に移りそうで動けない。コサインが声にならない哄笑《こうしょう》を上げる。そこにはどこか自分自身を傷つけている者特有の痛みがあるが、気づかないサインはみるみる涙ぐんでいく。

　かつてない不穏な気配に、タンジェントは途方に暮れる。

　だが、なんとか気を取り直して仲介に入ろうとする。ひとまず身動きがとれるように、均衡を保たないといけない。ずっとここに立ち止まっていたってどうしようもないのだ。

まあまあ、まだなんかされたわけでもないしさ。そう深刻にならずに、うちらも捨てたもんやないってことやと思って適当にあしらっとけば――

　サインは無言のまま、エレベーターの「開」ボタンを音を立てて殴った。

　タンジェントは息を呑む。サインが暴力に訴えたことなど、これまでに一度もなかった。

エレベーターはいつのまにか止まっていた。ふたつの二等辺三角形がそっぽを向き合う形のボタンに、サインは完全に扉が開くまで連続して握った拳を叩きつける。

捨てたもんじゃないってなに？　なんで捨てられないといけないの？　まだ、って言うけど、なにかあってからじゃ遅いよ。あたし知ってるもん。昔から知ってたもん。それになにかあったとして、心当たりはないのかとか本当にそうだったのかとか若いんだからしょうがないとか、傷口を掘り返されるのはあたしだよ。タンジェント、あなたじゃない。

——そうだよ。そのとおり。

コサインがサインに加勢するのも、また、はじめてのことだった。

タンジェントはいつも、こっちが必死でやってることを茶化す以外になんにもしない。物事を真面目に考えようとしない。損するのは、傷つくのは、いつだってあたしたち。

そして最後の言葉は、完全にシンクロする。

この役立たず。お願いだから、なにもできないならもう黙っててよ！

エレベーターのドアが完全に開くのを待たずに飛び出そうとすると、外側に立っていた相手とあわや衝突しそうになった。サインが小さく悲鳴を上げてエレベーターの奥に逃げ込んだのは、さっきの患者が待ち伏せしていると勘違いしたからだった。

「あ、すみません。お疲れさまです」

いつもの調子で言って、「新人くん」は不思議そうな顔をした。紺のダッフルコートにデニムにマフラーという、典型的な冬の学生の格好をしている。

「どうかしました？　顔色が悪いですよ」

あわててサインは笑顔を作り、なんでもない、と言おうとする。

だが、出て行こうにもいったんすくんだ足がなかなか動かない。そのあいだに閉まりかけたエレベーターのドアを、「新人くん」は腕を伸ばして強引に押さえた。

ガッ、という乱暴な音にサインはますます縮こまる。

そうだ、この人畜無害そうな彼だって「男」なんだ。さっきの会社員も、院長も、もしかしたら電車で女子高生を怒鳴りつけていたあの男だって、家ではよき夫で父親であり、職場ではよき同僚で上司なのかもしれない。自分はそのことを、昔から、嫌というほど、知っているはずじゃないか。

いつだって「男」たちはみんな、ふつうの顔をしてやってくる。

「たいしたことじゃないから」

「そうは見えませんけど」

「聞いたらたぶんあきれるよ、いい歳して、ほんとにどうでもいいなって」

「いや、それこそどうでもよくないですか？」

　本当にあきれたような返事に、サインははっと顔を上げる。

　彼は扉から手を離して、外側にあるエレベーターの「開」ボタンを押さえているらしい。もう片方の手はコートのポケットにしまわれている。

　コサインは「新人くん」のたたずまいを一瞥する。片手が使えなくてもなんとかなる、と言わんばかりの悠長な態度。たとえ彼にそんなつもりがないとしても、少し落ち着け、と諭されている気分になった。冷静さを失えば失うほど、まともにとりあってもらえなくなる。自分たちは女で、ましてやもう大人なのだ。

「しょうがないじゃないですか」

　とくに気を遣うふうでもなく、「新人くん」は言った。

「他人にとってはどうでもいいことでも、我慢してほかの感じ方をするわけにいきませんし。なにがあったのかは言わなくてもかまいませんけど、これからどうなさりたいですか？　ていうか、私はどうしたらいいですか？」

　ていうか、の持つくだけた調子と、私、というあらたまった一人称の落差に正気を取り戻しつつサインは思う。

　本当だ。どうしていままでこんなふうに、自分で自分の本心をごまかさないといけなかったんだろう？　頼んでもいないのに、タンジェントがよけいなことをしてきたからだ。弱音をそのまま吐き出すのは恥ずかしいことだと、なんでも笑ってやり過ごすのが正しい生き方だと、長いあいだ勘違いしてしまっていた。

これまでずっと、タンジェントのせいで。

そうね、と、コサインが静かに同意する。

振り返れば、同じような失敗につまずいてばかりだった。それもこれもタンジェントが問題の本質から目を逸らさせ、成長を妨げてきたからだ。タンジェントさえいなければ、いまごろどんなに生きやすかったことだろう？　いや、いまからだって遅くはない。

あの子さえ、いなければ。いなくなってくれれば。

「……怖いことがあって、ひとりで帰れないの」

ついにサインが告白すると、「新人くん」は淡々とエレベーターに乗り込んできた。

13

意外にも「新人くん」は、最低限の言動で最大限の成果を上げた。

「下で具合が悪そうにしていたので、休ませてあげてください」

歯科医院に戻ってそう伝えるだけで、院長室のソファで休むことが許可された。体調は悪くないのに、とおとなしく横になりながらもコサインは辟易していたが、ふと、ここにあの水をかけてきた患者も座ったのかもしれない、と考えついて呼吸が浅くなった。男か女かもわからない、次にいつ来るかもわからない。急に接近してきたさっきの会社員といい、ここはわけのわからない患者だらけだ。

　でも、自分はだれのことならわかるというんだろう？

　こちらに向かって喚き立てる口のイメージが、しだいに、いつかの通勤電車で見た男のそれと重なる。女子高生を怒鳴りつける男。その連想はただでさえ混乱していたサインをも巻き込んで、脇や背中に服が貼りつくほど冷たい汗を湧かせた。あのときの電車内の空気まで、まざまざと思い出す。

　かわいそうに。でも、おまえが悪いんだよ。公共の場で大声なんか出すから。いかにもかわいい制服なんか着ているくせに、下品な言葉を吐いて期待を裏切るから。つけ入る隙を与えるような格好をするから。正義かぶれで事を荒立てるから。爪を飾って髪を茶色くなんかしているから。若いから。女だから。

　なんだっていいけど、おまえがそんな目に遭うのには理由があるんだよ。

　じっとしているとそれらの声が頭の中で暴発しそうで、たまらずコートのポケットからスマートフォンを取り出した。

横になったまま、ゲームを起動する。

　通信制限があるので、ふだんはめったに外でプレイしない。現実でなにがあってもゲームの中はいつだって変わらず安らかだ。見慣れた平和な光景に集中し、掲示板でノルマを確認しタスクを配分し、そうしながら鼓動が治まるのを待つ。正三角形が保たれた美しい世界は、しかし、きょうに限って意識の上を滑っていくだけで、没頭させてはくれない。

　――こんなことをしてなんになる？

　ああ、そんなふうに考えてはいけない。疑問を持っては駄目だ。立ち止まるな。たとえゆるやかでも進みつづけろ。ただ、現実とは違う時の流れに身を置いて、均衡を保ちながら、すべてが終わるのをじっと待つのだ。

　この身を脅かすものたちが、すべて去っていくその日まで。

「……森さん」

　ソファから上体を起こして振り返ると、制服姿の「新人くん」が立っていた。

　あわててスマホをポケットにしまう。知らないうちに背後に立たれていたという事実に、サインは淡く恐怖しコサインはいらだつ。そして同時に、具合が悪いという体裁を装って横になっておきながらゲームに没頭していたことに、一抹の後ろめたさも感じる。

「行きましょう。院長が、ビルの前までタクシーを呼んだそうなので」

自分の叔父を、彼はまるで他人のように「院長」と呼んだ。

「いや、そこまでしてもらわなくても」

「無理しないほうがいいですよ。外は天候も崩れてきましたから」

想定どおりと言わんばかりの口調で、ようやくコサインは悟った。体調が回復するまで休ませることではなく、これが、理由も言わずにただ怯えている面倒な先輩を安全に自宅まで送り返すことが、彼の真の狙いだったのだ。ぼんやりしているようで、存外抜かりがない。

「タクシーが来るまでご一緒します。院長に、私もきょうはこれで上がるよう言われたので。着替えてきますから少し待っていてください」

そう言って「新人くん」は、院長室の隅に立てられたアコーディオンカーテン——いつのまに用意されたのか、バックルームの女子更衣室前にあるものと同じ型だった——の中に入っていき、一分と経たないうちにさきほどと同じ私服姿で出てきた。連れ立って院長室を出ると院長も曲線も治療中で、院長だけがちらっと顔を上げて「お大事に」と言った。

「タクシー、ひとりで乗れます？」

またしても一緒にエレベーターで肩を並べたとき、思い立ったように訊ねられてコサインは少なからずむっとした。

「大丈夫。もうじゅうぶん休んだし」

「それはわかるんですけど。ひとりで乗るの、大丈夫な人ですか？」

はっとしたはずみで、本音をこぼしたのはサインだった。

「……苦手かもしれない」

「わかりました。住所を知られたくなければ、私は適当なところで降ります」

「家、どこなの？」

なにげなく「新人くん」が口にした住所は、あきらかに歯科医院から目的地へ向かうと遠回りになる場所にあった。

「それは悪いよ。そのままタクシーで帰っちゃえば？　差額なら払うから」

「いや。院長、アプリを使って呼んでいたので、たぶん値段でバレますよ」

「アプリ？」

「呼んだタクシーの代金の請求が、そのまま本人に行って決済されるんです。現金を渡して『釣りはいらないよ』っていう時代は終わったみたいですよ。私も、ふだんタクシーなんて使わないから知らなかったんですけど」

エレベーターが一階に着き、彼は「あの人も進化してるんですね」と軽口らしきものを付け加えた。

進化、とコサインは思わず復唱する。旧時代の遺物として朽ちていけばいいとさえ考えた院長のイメージと、あまりにそぐわない単語だった。てっきり「現金渡して『釣りはいらないよ』」をまだやっていると思っていた自分のほうが、よっぽど時代遅れのようでいたたまれなくなる。

「でも……そんなの申し訳ないから、やっぱりひとりで」

「いや、大丈夫です。電車もありますし」

本当に平気そうだからこそ、これ以上意地を張るほうがばかばかしく思えた。

「じゃあ、今度お茶でもおごるよ」

とくに深く考えず出てきた言葉だった。

院長をはじめ、サインやコサインの知る男たちならば、いや、女たちでも一度は、きっと「そんなの気にしなくていいよ」と辞退する。だが「新人くん」はあっさり「そうしましょうか」と会釈して、たしか次にシフト被るのが土曜だからその後とかどうですか、と、具体的な日程まで挙げてみせた。その場しのぎの社交辞令なのか、本気なのかを考えあぐねているうちに、黒光りするタクシーがビルの前に滑り込んできた。

運転手に自宅の住所ではなく最寄り駅を伝えたことに、「新人くん」がなにか思った様子はなかった。タクシーの中ではふたりとも黙りがちだったが、ここまでしてもらった以上ある程度は事情を伝えるのが義務だろう、と考えたサインが香水のカードを渡すと、彼は

「……はあ」と相槌とも溜息ともつかない声を出した。やっぱり、なんだこんなことか、とあきれているのか。そう落胆しかけたが、次に発された台詞は予想外のものだった。

「たしかにこれは、説明しづらいですね」

サインが「でしょう!?」と大声を上げる。コサインはさっと運転席のミラーを一瞥するが、運転手の視線は正面を向いたままだ。

「次からどうしましょうね。また来られたら、対処のしようがない」

「そうなの。いま轟さんが抜けて人手が足りないから、シフト変えてもらうのも限界があるし。それにあの人のことだから、正直に説明したところでわかってくれっこない……って、ごめん。叔父さんなんだよね」

いいんです、と彼は苦笑した。記憶するかぎりはじめての、感情が表に出た顔だった。

「久しぶりとはいえ、どういう人かはだいたい知っていますし……実際に会っても、昔の印象と変わっていなかったから」

「アプリは使うけど?」

「そう、アプリは使うけど」

復唱してから、「もっとも母に聞かされてきた話のイメージも大きいので、そこはフェアじゃないかもしれません」と「新人くん」は几帳面に付け加えた。

「お母さん、すごくしっかりした人なんだよね。院長から聞いたよ」

「しっかりした、ですか……わりと、遠慮した表現をしたんですね」

彼はふたたび無言になったが、それまでの意味のない、単純な沈黙とは違った。あきらかに話を打ち切りたがっている。好奇心が湧かなかったと言えば嘘になるが、ただでさえ自分のことで精一杯だったし、最低限の礼儀も鑑《かんが》みて詮索は控えた。

「……あ」

ばらばらと、外からつぶてのような音がした。

それはみるみるうちに強くなっていき、運転手が慣れた様子でワイパーを作動させる。やがて遠くの空がうっすらと光り、数秒遅れてかすかな爆発音が響いた。

「雷ですね」

「よかった、遠くて」

「近づいてこないといいんですけど」

「平気だよ。冬の雷は、夏と違ってそんなにどんどん落ちない」

「そういうものなんですか?」

「一発雷っていうくらいだから。夏と冬の雷はまったくの別物」

「よくご存じですね」

「祖母が教えてくれたの。雷は夏の季語、稲妻は秋の季語だって」

「すごいな、知らなかった」

「家で俳句を教えていたから」

いつも反応の薄い「新人くん」の感心したような口調に嬉しくなって、つい口を滑らせた。

「森さんも習っていたんですか？」

「……少し。でも、院長には内緒にしておいて」

「どうしてですか」

「ここで一句、とか言われると面倒だから。よくあるの、そういうノリ」

「なるほど。承知しました」

そこで「新人くん」はつと、あっというまに雨粒で覆われた窓の外に目をやった。

「じゃあ、冬の雷はかわいそうですね」

「え」

「どんなに美しくても、作品に残してもらうことができないんでしょう？」

無味乾燥な表情と口調に見合わないロマンチックな発言にコサインは露骨に身を引いたが、「新人くん」は気にするふうでもなかった。

「いや、傲慢でしたね。かわいそうなのは、言葉を作らなかった人間のほうか」

「大丈夫」

サインはとっさに口を挟んでいた。

「ちゃんと言葉はあるよ。寒いに雷って書いて『寒雷《かんらい》』っていうの。そのまま『冬の雷《らい》』でも季語になるし、めずらしいのだと『ぶり起こし』なんていうのも」

「ぶり起こし？」

「魚の鰤《ぶり》。冬が旬なのは、冬の雷が海の中の鰤を起こすからだって」

「鰤って冬が旬なんですか」

「知らないの？　寒ブリっていうじゃない」

「食べるものに詳しくないんですよ。いや、限定するのはおこがましいな。詳しいものなんてないかもしれない。ビールやコーヒーも味が一緒に思えるし、洋服のブランドもユニクロ以外曖昧だし。海外の小説なんか読んでいると、植物や建築様式の名前がやたらと細かく出てくるからイメージが湧きづらくて。気にしなかったんですが、やっぱり知らないものって見逃してしまいますね。母にもよく言われます。向学心が足りない、せっかくこの時代の日本に生まれたからには、ラジオをどのチャンネルに合わせても楽しめる人間になれって」

「……そうかな」

サインがつぶやくと、「新人くん」は窓から視線を離した。

郵便はがき

料金受取人払郵便

牛込局承認

7395

差出有効期間
2023年6月
1日まで

162－8790

新宿区東五軒町3－28

㈱双葉社

文芸出版部 行

ご住所	〒	
お名前	（フリガナ）	☎
		男・女　　歳 ｜ 既婚・未婚
職業	【学生・会社員・公務員・団体職員・自営業・自由業・主婦(夫)・無職・その他】	

ご購読ありがとうございます。下記の項目についてお答えください。ご記入いただきましたアンケートの内容は、よりよい本づくりの参考とさせていただきます。その他の目的では使用いたしません。また第三者には開示いたしませんので、ご協力をお願いいたします。

書名（　　　　　　　　　　　　　　　　）

●本書をお読みになってのご意見・ご感想をお書き下さい。

※お書き頂いたご意見・ご感想を本書の帯、広告等（文庫化の時を含む）に掲載してもよろしいですか？

1. はい　2. いいえ　3. 事前に連絡してほしい　4. 名前を掲載しなければよい

●ご購入の動機は？

1. 著者の作品が好きなので　2. タイトルにひかれて　3. 装丁にひかれて
4. 帯にひかれて　5. 書評・紹介記事を読んで　6. 作品のテーマに興味があったので
7.「小説推理」の連載を読んでいたので　8. 新聞・雑誌広告（　　　　　　）

●本書の定価についてどう思いますか？

1. 高い　2. 安い　3. 妥当

●好きな作家を挙げてください。

（　　　　　　　　　　　　　　　　）

●最近読んで特に面白かった本のタイトルをお書き下さい。

（　　　　　　　　　　　　　　　　）

●定期購読新聞および定期購読雑誌をお教えください。

（　　　　　　　　　　　　　　　　）

思わず本心が漏れたのは相手の予想外に正直な言葉を聞いたためでもあり、窓を打つ雨音が、多少の吐露は掻き消してくれそうな気がしたからでもあった。

「そこまで世界の解像度が上がるのって、ちょっと、しんどい気がする」

「そうですか？　何事も、知っておくに越したことはないと思いますけど」

そこで運転手が「そろそろ着きますが、何口がいいとかありますか」と、ちょうどいい無頓着さで言った。

サインはあわててマンションの名前を出して行き先を変更してもらい、入口でタクシーを待たせて自室に戻った。玄関の傘立てからできるだけ大きなビニール傘を選び、ふたたび一階まで降りていって「新人くん」に手渡す。

「地下鉄の駅まではタクシーに乗って、で、駅から家まではこれを使って」

「ありがとうございます。……あの、Facebookはやっていますか」

唐突な質問に、曖昧にうなずくのが精一杯だった。

もはや名前を聞くことさえ懐かしいSNSだ。長らくログインすらしていないが、たしか学生だったころに作ったアカウントが、削除の手続きも面倒でそのまま放置してある。

「名前を検索すれば、出てくると思うけど」

「あのゲーム」

そう言われるまで、画面を見られていたことにも気づかなかった。

あれだけ取り乱しておきながら悠長にゲームをしているところを目撃されたことにサインは恥じ入り、覗き見していたことを匂わせすらしなかった相手に対してコサインはひそかに憤慨する。

「いや、恥ずかしいな。べつにおもしろいわけじゃないんだけど、なんかこう、やってると落ち着くっていうか。精神安定剤みたいなものなんだよね」

「私もやっています」

しどろもどろの言い訳を意に介さず、「新人くん」は続けた。

「森さん、友達になってくれませんか？」

慇懃《いんぎん》な無関心を貫いていた運転手が、はじめてバックミラー越しにこちらを見た。

「プレイしている人が周囲にいなくて。私、クレジットが欲しいんです」

14

以前、最近の若者は欲がない、と院長が嘆いていた。

俺たちの若いころは、家が欲しいとか車が欲しいとか出世したいとか、そういう希望を持って仕事もがんばれたけどさ。不景気で、いまの子はかわいそうだよなぁ。なにを楽しみに生きてるの？

なんでしょうね、と答えたのが直線だったか曲線だったか、自分だったかは忘れた。

家が欲しい、車が欲しい、出世したい。院長が口にしたそれらの欲望は、なぜだかこのゲームの、課金で手に入る「アクセサリ」を連想させた。空白を満たし、見栄えをよくはしてくれるが、本質的には必要のないアイテムたち。

——私、クレジットが欲しいんです。

とりたてておもしろくも有名でもないはずのこのゲームを、彼はなんでもないことのように「自分もやっている」と言った。さらに意外だったのは、「クレジットが欲しい」と願望をあらわにしたことだ。このゲームで「クレジット」を求める人は、大半が「アクセサリ」の購入を目的としている。ほかの使い道と違い、工夫だけではどうにもならないからだ。

このゲーム内での「友達」とはチームを築き、協力して期間限定のミッションをクリアすることで「クレジット」を稼ぐことができる。また、互いの必要とする品をチャットで相談して交換し、より効率よくゲームを進めるのも「クレジット」入手につながる。

ゲームにログインすると、本当に「新人くん」から申請が届いていた。

それまでも見知らぬプレイヤーからちょくちょく「友達」申請が届くことはあったが、すべて「拒否」してきた。ぽん、と「受理」をタップすると「本当に許可しますか?」という念押しのメッセージが表示される。

一瞬、躊躇した。自分の安寧な農場に、見知った人間を招き入れたことはない。しかもいったん「友達」になることを許可したら、その相手にはこちらの農場から収穫物を持っていく権利が自動的に与えられてしまう。おまえにその覚悟があるのか、赤の他人にそこまでみずからを明け渡せるのかと、問い質されている心地がした。

だが、すぐに開き直った。そう大げさなことじゃない。ゲームには、いったん友達になった相手を「削除」する機能もついている。行使した場合、その相手はこちらの農場へのアクセスが不可能になるはずだ。面倒になったらそれを使って、直接会ったときに問い質《ただ》されたら「あのゲームはやめた」もしくは「データがバグで飛んだ」とでも言えばいい。

質問に「はい」を選ぶと、いきなりぽん、と画面が半分に割れた。

一瞬なにかのバグかと思ったが、なんのことはない、それは「友達」同士になると利用可能になるチャットを用いた、「新人くん」からのメッセージだった。

『ありがとうございます』

『よろしくお願いします』

あまりすぐ返事をしないほうがいいだろうか、と迷ったが、どうせ既読通知機能がある。

小細工をするだけ無駄だ。

『こちらこそ、よろしく』

『はい。ところで直近のミッションには参加できそうですか』

ゲームからの通知を確認すると、たしかに、来週末が期限の協力型のミッションの知らせが届いている。協力型のミッションには縁がなかったので、これまで一度も気に留めたことがなかった。

『そっちがやるならいいよ』

『じゃあ参加しましょうか』

その夜、最初のミッションを一緒にこなしながら、どうやら本当に彼には邪心がなく、純粋に「クレジット」が欲しいだけのようだと理解した。

必要最低限のことしか言わず、それでいて要求には適切に応え、こちらが反応しなくてもまるで意に介さず、淡々と自分のなすべきことを進めている「新人くん」は、まるでプレイを円滑に進めるためのＡＩのような存在だった。これなら邪魔になることはない、と安心する。農場を経営するにあたっても、その他のあらゆる点においても。

「友達」との連携プレイ自体は新たな挑戦だったが、自分のやるべきことは変わらないし、変えなくていい。ただ、正三角形の農場を守りつづけるだけだ。

そう理解するとなぜか一息に気が抜けて、久しぶりに早いうちから深い眠りが訪れた。

15

土曜日は「新人くん」と曲線、そして院長というフル体制だった。

受付自体は午前中で終わるが、患者の数も平日に比べて多いのでだいたいは昼過ぎまでの勤務になる。だが、最後の患者が診察室に入るやいなや院長は「森ちゃん、あとは晶ちゃんだけで大丈夫だから帰っていいよ」とまだ心配そうに言い、それから思い出したように「新人くん」に顔を向けて「きみも」と付け加えた。

歯科医院を出て、一階に下りたあとでエレベーターの入口脇に立ち――自意識過剰だと思いながらも、通りに無防備に立っていることにはまだ抵抗があった――ゲームを起動してチャットでメッセージを送った。

『外にいるね』

ゲームの通知機能をオンにしていれば、スマホを起動さえすればメッセージが確認できる。そして、これまでの反応速度からしてきっと彼はそうしている。

『いま出ました』

通知が届いた直後にエレベーターのドアが開き、紺のコートにデニムにマフラーという、先日と同じ格好をした「新人くん」が現れた。

「行きましょうか」

本来なら、無難なチェーン展開のカフェで無難にコーヒーでも注文し、無難な世間話をして解散するつもりだった。

だが土曜の昼下がり、ましてや都内でも一等地とあってそういう場所はどこも満席で、途方に暮れていると「新人くん」からさして迷惑そうでも恩着せがましくもない、いつもどおりの調子で「心当たりがあります」と提案された。

路地裏に入ってほどなく辿り着いたのは、いわゆる昭和レトロの雰囲気を醸す喫茶店だった。ブラウン管テレビのような分厚い正方形の看板に、独特のフォントで店名と「COFFEE」の文字が書かれてある。店内は窓が小さい上に蔦《つた》が絡まっているせいで薄暗く、さらにオレンジの白熱電球に照らされて妙に黄昏《たそがれ》じみている。なによりも特徴的なのは、カウンターにずらりと猫の置物が並べてあることだった。大きさも素材もまちまちで、陶器製の小さな猫たちが音楽隊を作って演奏していたり、レジンでできた双子のキジトラが本物と見紛うような視線をこちらに向けていたり、ブリキの黒猫がびっくり箱さながらバネ状になった首を伸ばしていたりする。テーブル席にもひとつずつ、デザインがバラバラな猫のオブジェが置かれていた。

お好きな場所にどうぞ、と奥から声をかけられて「新人くん」が向かったのは、店の中央にある狭い二人席だった。テーブルの上ではロシアンブルーらしいグレーの猫が、眼鏡をかけて仰向けに寝転んだ姿勢で本を読んでいる。この子がお気に入りなんだろうか、と思いつつ、赤黒いベロアの椅子に、大理石風の小さな正方形のテーブル越しに向き合って座った。コーヒーを飲みがてら休憩するにはうってつけの時間帯なのに、現にほかの店は入れないほど混雑していたのに、ここには別の客の姿はない。なぜ経営が成り立っているのか、心配になるほど静かだ。

経営。そう、ずっと疑問に思っていた。彼はいったい、どんなふうにあの農場を経営しているのだろう？　欲望も執着もなさそうなのに、なぜわざわざ明言するほど「クレジット」を欲しがるのだろう？　だが、いざ面と向かってみると、そんな話題は他愛なさすぎて不適当に感じた。単に他愛ないのならいい。他愛なさすぎるのだ。

「ここ、猫でいっぱいだね」

けっきょくひねり出したのは、そんな、ちょうどよく他愛ない話題だった。

「そうですね」

即答にひそかに傷つきながら、さすがに安易すぎたかとサインは後悔する。コサインも同意しつつ、にしてもコミュ障かよ、と毒づく。

「森さんは、猫が好きなんですか」

　とりたてて気まずそうではないが、さすがに思うところがあったのか、今度は「新人くん」のほうから話題が投げかけられた。

「どうだろう。母がアレルギーで飼えなかったから」

「そうなんですね」

「小さいころね、祖母が、かわいそうだからって捨て猫を拾ってきたことがあるんだけど。父親があらためて捨て直しに行ったの。雨が降ってたから、わざわざ車で隣町まで」

　互いに距離を保っていた祖母と父は、そのときでさえ表立って衝突はしなかった。ただ、祖母は折に触れて短い思い出を孫娘に語り聞かせて涙ぐんだし、父は話自体を蒸し返すことはなかったが、責任をとれないことはしない、という教訓を娘に説くために「飼えもしない動物を安い同情で拾う」という例をそれ以来たびたび用いた。

「……ああ、わからないな。もしかしたら犬だったかもしれない。小さいときだったし、ほとんど見せてももらえなかったから」

　しばらくのあいだ、反応はなかった。

　雑談にしては暗すぎたと、サインとコサインは同時に反省する。いったいこんな話題を先

に出したのはどちらなのかと責任を押しつけ合っていると、

「うちにもありましたよ」

「え？」

「似たようなこと。どこにでもあるんじゃないですかね」

「……そうかな」

「はい。たぶん、ですけど」

そこで「新人くん」はまた口をつぐんだが、サインはもっと続きが聞きたかった。

どこにでも、じゃなくて、そのとき、その場所での、あなたの気持ちが知りたいのに。

「そういえば、あのゲームってさ」

「はい？」

「『クレジット』が貯まると、ペットが飼えるよね」

それが、ゲームにおけるもっとも贅沢な「クレジット」の使い方だった。

家畜ではなく、ペット。世界中の農場を見て回ると、おそらく多額の課金をしているのだろうユーザーの敷地内では、利発そうな犬が駆け回っていたり、まるまるとした猫――それこそロシアンブルーだった――が横たわっていたり、プレイヤーを模したキャラクターの後についてウサギが跳ねていたり、肩にハムスターが乗っていたりした。名前まで付けられる。

彼らからは当然、なにも収穫できない。タップすれば鳴いたり気持ちよさそうにしたりと反応は示すが、それだけだ。餌やりもいらない。排泄物の処理も必要ない。死ぬこともない。プラスもマイナスもない、世界の装飾品としての動物。

「そうですね」

「新人くん」の返事は、その一言だった。

「……ここ、よく来るの」

「たまに本を読みに来ます。いつもはだいたいほかに二、三組お客さんがいて、いい感じに集中できるんです」

「人がいるほうがいいの？」

「ここのお客さんは、そんなに大声で話さないので。それに、実際は私のことなんかだれも気にしていなくても、つねに見られているような心地でいるほうがはかどります」

「ストイックだね」

「逆ですよ。怠惰だから、自分の意志をあてにせず人目に頼るんです」

「本が好きなんだよね。院長から聞いたよ」

「……どうでしょう」

短い返事に、めずらしくあからさまな陰影が滲んだ。

「本当に好きだったら、そんな小細工をしなくても読めるんじゃないですか」

「逆に、そんな小細工をしてでも読みたいくらい好きってことじゃない？」

「わからないんですよ。そうしたい、なのか、しなくてはならない、なのか。いつもなんです、私。境目がはっきりしない。そういうところだって、家族にも言われます」

「そういう？」

聞こえなかったのか「新人くん」は、横に身を乗り出すように片手を上げた。

声をかけただけで姿は見せなかったマスターが、はじめて注文を取るために現れる。いかにも気難しそうな中年の男性で、「新人くん」は常連らしいにもかかわらず親しげな様子はまったくない。「新人くん」も「いつもの」などとは言わず、七百円のカフェオレとチーズケーキを注文した。あわててメニューのページをめくり、六百円の「本日のコーヒー」とモンブランのセットを頼む。

甘いものが食べたい気分ではなかったが、おごる側が飲み物だけというのもバランスが悪く思えた。そんなことを気にする相手ではないのに。マスターが去り、案の定なにを言うでもなく落ち着きはらった様子の「新人くん」を見ていると、まるで自分ひとりが空回っているようで無駄な焦りが募ってゆく。

「『奥さん』って、あんまりいい言葉じゃないの？」

沈黙を埋める「ちょうどよく他愛ない」雑談のつもりだったが、いざ口にすると、我ながらあまりに性急で唐突だった。

「そうかもしれませんね。場合によっては。大奥が語源らしいので」

「本が好きなら、ちょうどいい呼び方をなにか知ってるかと思って」

心なしか「新人くん」も怪訝な顔をしているように思え、自然と口調が早くなる。

「轟さんがね、院長が奥さんを『嫁』って呼ぶの、嫌がってて。たぶん『奥様』もだめだよね、じゃあ。でも、どうすればいいんだろう。だって『お妻様からお電話です』なんて、逆に馬鹿にした響きになるよね？」

言い訳めいた説明をしながらようやく、ずっとこの問題が引っかかっていたのだと、自分自身も腑に落ちた。

「そうですね。権利を主張する女性を『女さん』と皮肉るスラングがあるくらいなので。性別を問わず使える呼び方が主流なんじゃないですか、配偶者とか、パートナーとか」

「……なんか、意識高い感じがする。なんでだろ、看護師や保育士はもう普通だし、意識が高いのも悪いことじゃないけど……実態も伴わないのにいたたまれないというか。やたら豪華なのに、開けたらチロルチョコ一個しか入ってない箱になったみたい」

「少なくとも、森さんがそこまで気に病まなくてもいいと思います。奥様とか旦那様とかいう言葉に過敏に反応する人って、それを使う人というよりも、そういう言葉が淘汰されない社会に怒っている節がありますから」

そうかなあ、と言いかけて飲み込む。少なくとも「いまどき、嫁だって」と吐き捨てた直線は、社会などという漠然としたものではなく、完全に院長個人に軽蔑の目を向けていた。正確には、その言葉を使うことに疑問を抱かない鈍感さに。

ふたりぶんの飲み物とケーキが運ばれてきた。

チーズケーキは典型的な喫茶店のそれだと納得できる直方体だが、モンブランのほうは少し変わった形をしていた。よくある、栗を中心に平行な線が渦を巻いたドーム型のものではない。丸く描かれた底からクリームが上方の点に向かう、いわゆる円錐型で、正面から見るときれいな三角形になっている。どこにフォークを入れるべきか皿を一周させてから、子供じみた振る舞いに思えてやめた。

「学生時代、友達の彼氏が友達を『相方』って呼んでたけど、あれが正解だったのかな。でも、なんでか抵抗あるんだよね。うまく説明できなくて、恋人アピールはするのに動物っぽさは出したがらない感じがダメなのかなとか、おもしろいことしないのに芸人と同じ呼び方が鼻につくのかとか、考えてはみたんだけど……生理的に、としか言いようがない」

「わかりますよ。案外、そういうのって明確に理由はないんですよね。仲良くなってから

『その呼び方する人か』と知っても、べつに気にならなかったりして」

「うん。でも、やっぱり最初は表に出る部分で判断するしかないから。そういえば、ネットだと相方の『相』を愛情の『愛』に変えて書く人もいるじゃない。もう、なにがしたいんだか……がんばるを『顔が晴れる』って書くのと同じうさんくささを感じる」

「たまに見ますね。私も、あまり好みではないかな」

「もちろん、考え抜いた上で使っている人もいるかもしれないけど。いや、みんな考えた上で使っているんだろうけど。だからこそ、ポジティブでありたい、そういう存在として認められたいという、信念みたいなものは滲み出るじゃない。そこまであなたの自意識を受け止めきれないって、引いちゃうの」

　く、と、カップを口に当てていた「新人くん」が笑い声らしきものを漏らした。それが嘲笑ではなく共感が高まって放たれたのだと理解できたのは、ほかならぬ自分が、「偏見は理不尽であるほど共感されると嬉しい」という事実をいままさに体感しているからだった。

「もしかしたら、自分にそういう感覚があるから怖いのかもしれない。配偶者とか、パートナーって呼び方を使ったとき、似たような受け取られ方したらやだなって」

「そこまで考える人、なかなかいませんよ。森さんは真面目ですね」

　直線の体型を褒めたとき、すげなく「そういうのいいから」と返されたことを思い出して苦笑する。直線が彼の前でだけは笑った理由がわかった気がした。この子の言葉には重みが希薄で、その時々の感想をただ口にしているだけだ。そのぶん、含みも他意もない。

「ううん。面倒だから、本当はいちいち考えたくない。だから、正解が知りたくて。そんなことで立ち止まりたくないのに、あれは違う、これは失礼だ、はい、あとはぜーんぶ自分で考えてねって投げっぱなしにされても困るというか。そんな余裕、ないし」

「なるほど」

「それに身内ならともかく、だれかを巻き込んだ話になるから。ややこしい呼び方して、通じなかったら意味ないし。奥様とか旦那様とかいう言葉ってやっぱり便利だけど、もしかして『私は夫の召使いじゃありません！』って怒られるかもしれないじゃない？」

「まあ……ない、とは言い切れませんが」

めずらしく語尾を濁したところを見るに、なにか覚えがあるのかもしれない。それも、おそらくは「怒られる」側として。

その刹那、ふと脳裏をよぎった出来事があった。

「そういえば、話は変わるんだけど。あのとき、ごめんなさい」

「はい？」

「ほら、あの、変な患者さんが来た日……なにも悪くないのに、八つ当たりみたいにして院長から怒られてたじゃない。ずっと、謝りたいと思ってて」

「ああ、そんなことですか。いいんですよ、ああいう人ですから。轟さんを勢いで叱ってしまったのが気まずくて、対象を私に変えることで場を収めようとしたんでしょう」

「腹が立たないの？」

「だれにも腹は立ちませんよ。まあ、発言自体は気にしていないと言ったら嘘になりますが。とくに最後の台詞は刺さったな」

　最後の台詞？　さすがにそこまでは覚えていない。だが、ここで「なんだっけ？」と訊かない程度にはわきまえている。

「じゃあ、やっぱり傷つくきっかけを作りはしちゃったんだね」

「単に、私を傷つけることが言いたかったんですよ、あの人は。深い考えはなくて」

「でも、『刺さった』んでしょう？」

「しかたないですね、言葉に意味というものがある以上。だから森さんも、忘れたほうがいいですよ。みんなフラストレーションが溜まって、その発散先を探していて、たまたま当たってしまったというだけのことですから」

　それこそ、深い考えもなさそうに放たれた台詞ではあった。

　だが、目の前にいるこの人は自分と同じ「なにか」を知っている、少なくとも胸に秘めている。根拠もなく、そう感じた。

「言葉ってさ。本来なら、それ自体は箱のはずだよね」

チーズケーキを崩そうとしていたフォークを律儀に置き、「新人くん」は復唱した。

「箱？」

「その成り立ちとか由来とか、そんなものより、中身が大事なはずだよね。関係性とか、感情とか。なのになんでみんな、入れ物のほうにこだわっちゃうんだろう」

でもさあ、とすぐに口を挟んだのは「新人くん」ではなかった。もちろん、自分の仕事は終わったと言わんばかりに奥で気配を消しているマスターでもない。

「出会うものすべての前でいちいち止まって観察して判断して、なんて、そんな時間も余裕も、みんなないじゃない。忙しいんだから。だから、外見より中身で判断してくれって、誰彼かまわず要求するのもおかしいよね」

「そうですね」

「嫁とか旦那とかいう呼び方に目くじら立てられたくないと思いながら、愛方とか顔が晴れるって書く人には偏見がある。自分でも、わからないの。どっちが本当なのか」

「そんなのぜんぶ本当でしょう」

顔を上げると、「新人くん」は頬杖を突いていた。無作法なはずのその仕草に嫌な印象はなく、ややもすると重さで傾きそうになる頭を、一所懸命に支えているように見えた。

「森さんは、ハイヒールって使いますか」

「……たまに。最近はめったに履かないけど」

「あれ、昔は男も履いていたらしいですよ。背を高く見せるために」

「そうなの？」

「いろいろな説がありますけどね。衛生環境上、道に落ちた汚物を避けるために生まれたとか……そういえば、パニエっていうんですか？　あのふくらんだスカート。あれも、もともとは立ったまま用を足してもばれないように作られたって」

思わずコーヒーのカップから唇を離す。飲み口はまるで紙のように薄く、油断していると唇が切れそうだった。

「ともあれ、男が戦場に赴くために平底の靴を使うようになり、ハイヒールは女性のものとして残った。いわば余り物です。アダムの肋骨からイブが生まれたっていう、あれと似ていますね。それが女性らしさのアイコンとして現代まで受け継がれ、最近になって疑義を唱える風潮が生まれた。どうして女性だけが不便なものを使いつづけなきゃいけないのかと……一方、それを女性性のアイコンとして用いながら、同時に男性優位社会に食い込んでいくことを誇りとして掲げる人種もいる」

こんなに「新人くん」が長くしゃべるのは、はじめてのことだった。この話題に、なにか彼なりに思うところがあったのかもしれない。

「……えっと?」

「言葉もきっと、そうなりますよ。時代が変わるにつれて。由来や語源よりも、それをどう使うかのほうが重視される方向にシフトしていくと思います」

時代が変わる。

いまがまさにその渦中だと理解する反面、それは途方もなく遠い言葉とも取れる。自分も含め、いまを生きる人間がすべて死に絶えないと、そんな瞬間は訪れないのでは?

「ちなみに『頑張る』の語源も諸説あります。眼を張って、一か所から動かずにいることが転じたというものと、我を張って自分を押し通すというもの。だから『顔が晴れる』という新たな語源を付け加えようとすることも間違ってはいない。かといって、それに抵抗を覚えることを否定する権利もだれにもない」

「はぁ……」

主張を押しつけたり、共感を求めたりしている様子ではなかった。ただ、話したいから話しているらしい。さすが「読んだり書いたり」する人は違うな、と、なかばあきれる。

「未来のためになにが正解かなんてまだわからないし、表明する手間も惜しい。リスクも伴う。だからとりあえず害がないかぎり、人は人、自分は自分、みんな違ってみんないい、ということにしておく。要は見て見ぬふりですね。その放任がひとまず『多様性』と呼ばれ、正しいあり方として容認されている。そのほうが、多くの人々にとって都合がいいから」

「……とにかく、時代の流れによっては『顔晴る』や『愛方』に抵抗がなくなるってこと？」

「そうかもしれないし、そうでなくてもかまわないと思います」

「でも、もしずっと変われずにいたとしたら、そんなのまるで」

院長みたい。

後に続く台詞を、コーヒーと一緒に飲み下した。

まだ熱を保ったそれは香りを一気に口の中に広げ、にがっ、と眉をひそめそうになる。銅のピッチャーに入ったコーヒーミルクをなみなみと注ぎつつ、最初から「新人くん」と同じカフェオレを頼めばよかった、と後悔した。

「まあ、大丈夫ですよ。人に強要さえしなければ、頭の中でなにを思っても」

気楽な口調で「新人くん」は言った——本当に？　さっきより少しまろやかになったコーヒーを飲んで息をつくと、一緒にこぼれる言葉も自然と苦味を帯びる。

「人は人、自分は自分、が難しいから困るのに。丸投げにしないでほしいよね」

そうですね、と「新人くん」はうなずいた。

互いの皿とカップが空になるころには、冬の短い日は完全に落ちていた。こんなにだれかと、言葉について熱心に話したのは久しぶりだった。快感を伴う懐かしい感覚は、マスターが暗くなってきた店内の明かりを調節し、空間全体がぼわっとした淡い橙――いや、熟した柿に似た色に染まったせいばかりではない。そして、ここに来るまでの自分であれば、橙と柿の色の違いなんてとっくに気にも留めなくなっていた。

「ありがとう。ここ、気に入った。よければまた、連れてきてもらってもいい？」

「もちろん。ただ、私の店じゃないですから、べつに許可なんか取らなくても」

内容だけなら突き放すように聞こえる物言いにも、すでに動じなくなっていた。

「方向音痴だから、もうルートがわからなくて。ほら、行きの道と帰りの道って、景色が違うでしょ。時間帯によっても見え方が変わっちゃうし」

「同意します」

「それに店の名前がわかっても、グーグルマップってよく人を弄んでくるじゃない。急に一本道をずれたり、同じ場所をぐるぐる回らせてみたり」

「そうですよね。私、前から思っていました。あの青い丸には意志があって、自信がなさそうな人間を選んでからかうことで憂さ晴らしをしているに違いないって」

生真面目な顔で「新人くん」は言った。

冗談とも本気ともつかない調子だったが、どちらにせよおかしくて、そして、その理不尽な断定につい共感してしまった自分が嬉しくて、その日はじめて声を立てて笑ってしまう。

また、く、と鳥の鳴き声のような音が、「新人くん」の閉じた口から漏れた。きっと冬に鳴く鳥だ、と思った。

16

それから、ますますゲーム内で「新人くん」とやりとりする頻度は増えていった。

どちらかが入浴中だったり、食事をしていたりといったすれ違いはあるものの、スマホを見て通知に気づけばすぐさま互いにレスポンスをした。自宅で、時には喫茶店で大理石風のテーブルに向かい合って（『チェリーパイは余っていますか』『あるよ。こっちは納屋を拡張したいんだけどネジがないの。持ってる?』――もちろんすべてチャット内の会話で、現実では双方無言のままスマホを見つめて目も合わせない）こまめに連携をとりながら、順調にプレイを進めている。

それでもまだ、直接「新人くん」の農場を見に行ったことはない。

物資のやりとりは現実とは違い、わざわざ赴かなくてもタップひとつで完了する。もちろん「友達」になれば自動的に行き来は自由になるのだが、していない。

本当は猛烈に知りたかった。あの「新人くん」が、ゲームにどう向き合っているのか。だがだからこそ、まるで日記を勝手に覗き見するようでためらわれた。彼への配慮ではなく、自分自身の心の安寧のために、どうしてもそのラインは超えられなかった。

相手のほうは、一度は見に来ているだろう。さしたる考えもなく。ないからこそ。

たまに時間が空くと、視点を俯瞰モードに切り替えて、自分の農場を真上から眺めた。彼が目にしたであろう光景、長い時間をかけて築き上げた完璧な正三角形にほころびが生じていないことを確認し、ひとりで満足して、それからまたプレイに没頭した。

この農場には、クリアやゲームオーバーといった、明確な終わりが存在しない。

非公式のまとめサイトによると、現状（アップデートがされていなければ）レベル九十九で更新される要素がなくなるらしい。そこまで到達すればひと区切りになるのだろう。そうなったときにどうなるのかは知らない。ただ、目指すべき数字があるからなんとなくそこに向かっている。そして、そのあいだはすべてを忘れることができる。

レベル上げにはささやかながら達成感があった。じわじわと増えていく数字は、それまで積み重ねてきたものに対するわかりやすい評価だった。だが実のところ、たまにこんな考えが頭をよぎることもあった――本当は、数字が先にあるのかもしれない。ゼロから九十九までのあいだにはなんの価値もなく、そこに至るまでの過程はすべて、ただ空白を満たし、見栄えをよくするためだけに存在するのかもしれない。農場を空虚に飾り立てる、花壇や噴水やハンモックたちと同じように。

この人生と同じように。

――なにを楽しみに生きてるの？

自分はこの正三角形を保ちつづける。

見られていいるから、いいいいい、いいい、いいい、保ちつづけなくてはならないいい。

またひとつ、レベルが上がった。

「新人くん」と「友達」になったことを後悔はしていない。彼と協力するようになって以降、たしかにプレイの効率は格段によくなった。だが、だからこそ、なにか自分にとってこのゲームが持っていた意味が、決定的に変わってしまった気もした。

17

土曜の勤務を終えて喫茶店に着くと、「新人くん」はいつもの席で、大型書店のカバーがかかった文庫本を読んでいた。

目線で挨拶を交わし、向かいに座り、マスターにコーヒーとモンブランを頼む。もちろん「いつもの」などとは言わない。眼鏡をかけて寝そべりながら本を読む猫を横目で見つつ、自宅で読書をするときの「新人くん」もこんな様子なのだろうか、と思う。

コーヒーとモンブランが同時に運ばれてきて、「新人くん」がいったん糖分を補給するためか、肘のあたりに置かれっぱなしだったティラミスを一瞥して本を閉じた。ちょうどそのとき、ドアベルが鳴ってふたり連れの若い女性が入ってきた。

思わず振り向いてしまったのは、この店の雰囲気とふたりのたたずまいがそぐわなかったからだ。最近街でよく見かける形のコートやスヌードを脱ぎながら、彼女たちは物おじしない様子で奥まったボックス席へと向かう。マスターがぬっと半分顔を出し、いらっしゃい、とだけ言ってまた引っ込んでいった。

「いま、若い人のあいだでこういうお店が流行りなんだね」

「若い人って。森さんだって、そんなに変わらないでしょう」

「学生と違って社会人になると歳の差は気にならなくなるっていうけど、嘘だと思う。一年くらいならまだしも、三年……五年も空くと、もう、ああ、違うなぁって感じがする。隔絶っていうほどじゃないけど、とにかく、違うなぁって」

「世代というか、時の流れ自体が速くなっているのかもしれませんね」

淡い色のついたマスクを外すやいなや、ようやくひと息ついたというふうに彼女たちは声を張り上げて楽しそうに話しはじめる。内容がこちらまでそっくり聞こえるほどのボリュームだが、気にする様子はない。

彼女たちは、この狭い、閉ざされた空間に安心しきっている。人目を憚《はばか》ったり、ましてやだれかにいきなり怒鳴られたりすることなど、きっと微塵《みじん》も想定していない。

「このあいだね、電車でおじさんに絡まれている女の子たちを見たの」

なぜそんなことを口にしたのか、自分でもわからなかった。

「高校生くらいだった。前に言ってたよね、みんなフラストレーションが溜まって、その発散先を探していて、それがたまたま当たっちゃったって。まさにそんな感じで」

「気の毒ですね」

嘘ではなさそうだったが、その平然とした態度が癇に障った。あの朝の出来事など、自分でも忘れかけていたにもかかわらず――彼女たちの受けた仕打ちに対し、気の毒という他人事じみた言葉が軽薄に感じられたのか。それとも、加害者と同じ男としてもっと恐縮すべきだと思ったのだろうか？　男だからという理由で謝罪をされたところでなんの意味もないし、「新人くん」が男を代表できるわけでもないのに。そもそも自分が義憤に燃えたところで、彼女たちはもう過去のこととして受け流しているかもしれないのに——義憤？　この感情は、はたして義憤なのか？

「ふたり組だったんだけど、ひとりの子がおじさんに怒鳴り返したの」

「勇敢ですね」

「うん。でも、あの場の空気はそうじゃなかった。なんで事を荒立てるんだろう、って感じだった。人のことは言えないけど」

「当然の発想じゃないですか。変に暴れられても困るし、まず自衛しないことには」

「自衛って言えば聞こえはいいけど、要は見て見ぬふりだよね」

「……そうかもしれませんね」

「言ってたじゃない。なにが正解かわからないから、自分に害がないかぎり見て見ぬふりをすることを『多様性』と呼ぶんだって。でも多様性って、まるでいいものみたいに言われるよね。じゃあ、あんなふうにあきらかに間違ったことを、自分が巻き込まれたら嫌だからってみんなで無視する権利も認められるべきなの？」

「新人くん」は答えない。動揺しているそぶりさえ見せない。答えようのない質問であることはわかっていた。にもかかわらず沈黙を返されたことで、不当に存在を無視された気がしていらだった。

「もちろん、団結して立ち向かうのが理想なのはわかるよ。でも、そんなふうにうまくいくとは限らないじゃない。どうすればよかった？　自分だったら、どうしてたと思う？」

もはや、これが「義憤」などではないことは察しがついていた。

見ず知らずの女子高生のためだけにここまで切実になれる人間であれば、あの朝、怒鳴られている場面に遭遇した時点で動いていたはずだ。たとえ「新人くん」が同じ男として恥じ入り、謝罪してみせたところで気持ちは収まらないだろう。そんなことより質問に答えてくれ、と言うだろう。そんな義務は、彼にはないのに。

自分自身のために、目の前にいる相手からの答えを欲している。

「……ごめんね。言いがかりをつけたいわけじゃなかったんだ。ただ、ああ、こういうことってずっとあるんだなぁ、って思ったの。時代が変わっても、女の子に絡むおじさんは存在するし、みんな、いざ直面したら見て見ぬふりをするんだなぁって」

「そうですね」

「それに、もしかしたら『女の子でも理不尽には立ち向かうべきだ』っていう、多様性の象徴みたいな価値観があの子たちを苦しめたかもしれない。具体的にどう立ち向かうかは後出しで。そんなの、なにか起こってからじゃ手遅れなのに」

「最近はもう、女性に自衛を促すのではなく、男の側に自制を促す——そもそも、そういうことが未然に防げる社会にすべきだという論調にシフトしていますよ」

「最近は、でしょう？　そのあいだに苦しんできた人たちの声はどうなるの。頭がよくて、とっさに大きな声を上げられるくらい勇敢な、選ばれた人たちの議論のための餌？」

「森さんは、なにがそんなに苦しいんですか」

　はっと息を呑む。

「新人くん」は、両手を顎の下で組みながらこちらを見返していた。自分が不当に激情をぶつけられていることに対し、戸惑いも怒りも感じていない様子だった。だからこそ、その言葉の中の純粋な疑問が際立って響いた。

「……苦しそう？」

「はい。ずっと」

「ずっとって、いつから」

「初対面からです」

「それはね、ちょうどあの朝が、電車での件があった日で」

「そのことを差し引いても、そう見えますよ。この人、苦しそうだなって」

「どこが？」

「さあ……なんとなく、ですが。いま納得しました。自分には関係ない、で済ませることもできる、現に大多数の人がそうしているだろうことを、そこまで切実に考えているじゃないですか。それなのに、苦しんでいるという自覚がないんでしょう？　自分に置き換えれば、その時点でかなり苦しい生き方だと思います」

「どうして考えないの？」

「前に言ったじゃないですか。時代が変われば言葉の意味は変わる。どうなるかなんてだれにもわからない。いま思い悩んだところで、限界がありますよ」

「……それって、人間の悩みなんて宇宙から見ればちっぽけだ、みたいなことかな」

「いえ、単純な事実です。常識や社会なんて、どうせ時が経てば変わってしまう。現にここ数年の状況を見ても、こうなるなんてだれも予想ができなかったじゃないですか。少なくともたいていの人は、そう考えることで手に負えないと判断した悩みは手放しているんです。森さんは、あまりに大きなものを背負いすぎています」

「そんなこと、はじめて言われた」

「じゃあ」

きっぱりというには茫洋と、おそるおそるというには平然とした、要するに、いつもの調子で返事があった。

「いままで森さんのまわりにいた人は、よほど鈍感だったんですね」

テーブルに沈黙が降りると、後ろに座るふたり連れの女性客のかしましさがひときわ耳についた。最近炎上したアイドルの話題で盛り上がっているらしい。どんどん甲高く、大きくなっていく声色は、あの電車で見た女子高生たちとますますよく似てきた。

「……昔、祖母が俳句教室をやっていて、少し習っていたって話、したよね」

「はい」

「じつは、中学生くらいまでは続けてたの。おばあちゃん子だったから」

「どうりで、言葉に敏感なわけですね」

「そんなんじゃないよ。学校や家にばっかりいても息が詰まるし……どっちも、とくに問題があったわけじゃないけど。家の離れで、教室っていうより近所のおばさんたちが集まっておしゃべりしたり、お菓子を食べたり。自分まで大人になったみたいで楽しくて」

いつのまにか、「新人くん」はフォークを手に取っていた。聞いていないというよりも、よけいな相槌を挟まないための仕草に思えた。

「あるとき、男の人が入ってきたの。父と同い歳くらいの」

生徒のひとりがほかの習い事の教室で知り合ったというその男性は、いかにも人畜無害な「ふつう」のおじさんに見えた。だが、最初は借りてきた猫のように静かだった彼は、布に垂れたコーヒーの染みが広がり、どんどんそこに新たなコーヒーがこぼれていつしか白かった布が茶色くなるように、確実に空間を支配していった。

比較的年輩だったことも手伝い、ほかの生徒に敬語を使わなくなった。吟行を兼ねた日帰り旅行のカメラマンを頼まれたのをきっかけに、なんでもないときも携帯電話を取り出して黙って教室の様子を撮影し、自身のSNSにアップした。連絡用に使われていたメーリングリストに行った場所や食べたものの写真を添付し、自分の詠んだ句を投稿した（それまでは、教室以外では月謝の範囲外として俳句の話はしないのが暗黙の了解だった）。祖母が添削を返信してやると、その頻度はますます加速していった。

「そのうち、個人的に写真を撮って送ってくるようになった」

「個人的にって、森さんを撮影して、それをわざわざ送ってきたってことですか」

「そう。メーリングリストって、宛先一覧が表示されるじゃない。そこからアドレスを特定したんだろうね」

「不気味ですね」

「うん……でも、悪意はないみたいだったから。一度なんて、後ろから撮られて……下着が写り込んでいたことがあって。いや、見えるような服を着ていたのも悪いんだけど」

「そんなわけないじゃないですか」

後半の部分は、かつてない即答に掻き消された。

「その世代の人って、本当になにも言わずに撮りますよね。身内で楽しむぶんにはいいとか、そういう問題じゃない。心の準備もなく記録されて、それが赤の他人の手元に残る事実自体が不快なのに」

あきらかに経験を伴う言葉で明確に具体化されて、ふっと吐息が漏れた。どこまで話すべきか、泥の中をさらうように探り探りだった腕が、急に突き抜けた気分だった。

「中学生のとき、誕生日にメッセージが来たの」

「誕生日？」

「たぶん、Facebookかなにかに登録されていたのを見たんじゃないかな。こっちから教えたわけじゃないけど」

「こっそり調べたってことですか。ますます気持ち悪い」

「『誕生日おめでとう。あなたくらいの世代におすすめの本があるので今度渡すね』って」

「ちなみにどんな本を？」

「……『ノルウェイの森』」

はぁー、と「新人くん」は溜息をついた。

「少なくとも、おじさんが十代の女性に勧めるものではないと思います」

「もう読んだことがあって、どういう本か知ってたの。どんな場面や台詞があるのかも。でも、なにも知らずに読んでいたら……いや、もちろん名作なのはわかるよ？　よかれと思ってのことだったんだろうし……」

「どうしてそう、人からの見え方を気にするんですか？」

口調こそいつもどおりだったが、彼が人の話を遮ったのはこれがはじめてだった。

「いや、気持ちはわかりますよ。私だって、人からどう見られるかまるで気にしていないと言えば嘘になる。でも、べつにだれにでも、僕にまで、善良でいる必要はないじゃないですか。人によって言うべきことと言わないことを変えたり、顔を使い分けたり、そんなのは当たり前にみんなやっていることです」

「……そうだね」

「私と森さんはいい意味でただのバイト仲間だし、私はその人のことを知りもしない。どんなふうに言ったって不快になるわけがないでしょう。それにいま大事なのは、当時の森さんがどう感じたか、なんですし」

「ごめん」

「だから、謝る必要はないですよ。こちらこそ、急にすみません」

「たしかにそう。さすがにな、と思って、祖母に相談したの。でも」

「わかってもらえなかった？」

わかってもらえなかったことをわかってもらえたことに、安堵を感じながらうなずいた。あのときの祖母の、こちらが悪いことを言ったような丸い目をいまも思い出せる。いい人じゃない。下心があるわけでもあるまいし。あなたがまだ若いから、いろいろ教えてあげたいのよ。それがどうしていけないの？

「その話が、祖母から父にも伝わったらしくて」

「なにか言われたんですか」

「……おまえにも隙がある。嫌だったら、嫌だと言えばいいだけの話だって」

「そんなの、女子中学生に求めるほうが酷ですよ。いや、だれに対しても」

「うん。でも、当時は納得したの。それで、伝えた。本はもう読んだからいらないし、写真を撮られるのも嫌だ。そして、用があるなら今後は祖母を通してほしい、って」

「そしたら？」

返信は早かった。そして、ごく短かった。

——きみが、そんな勘違いをする子とは思わなかったな。

どうやら彼は地元では一定の信頼を置かれる、いわゆる「名士」であったらしい。自分の「勘違い」ぶりは、本人から教室の参加者である主婦たちを経由してたちまち近所中に知れ渡った。彼女たちが「善良なおじさん」を一方的に痴漢扱いしたうぬぼれた小娘をどんな目で見ているかは、すれ違いざまに取り澄ました挨拶を投げかけるときの態度や、急に手厳しくなった彼が教室でぶつけてくる「頭で考えるばかりで経験不足」「若さゆえの未熟さが前面に出ている」といった批評を否定せず眺めている冷ややかな様子から、じわじわと染み入るように伝わってきた。

「それで……」

本当に続けたかったことは、けっきょく言葉にならなかった。

だから絞り出すように、客観的にも明白な事実だけを述べた。

「それで、高校受験を言い訳に、教室をやめて、大学から実家を出て、上京した」

「俳句自体もやめたんですか」

「うん。たぶん、俳句よりもあの時間が好きだったんだと思う。女の人だけで集まって、笑い合って、だけど人の事情には必要以上に踏み込まない、さっぱりした感じが」

たまに母親から、離れにお茶を運んでいくよう頼まれることがあった。断る理由も思いつかず顔を出すと申し訳程度に「たまにはまた詠んでいったら?」と声をかけられはするものの、以前の親しげな空気はもうなかった。くだんの「おじさん」にお茶を出しても、お礼どころか目も合わなかった。祖母の態度は表向きは変わらなかったが、孫娘について「神経質」で「気にしすぎる」と両親に伝えているのを耳にしたことがある。

最初からそこにいたはずの自分のほうが、すっかり「よそ者」になっていた。

「みんな、あの空間を守りたかったんじゃないかな。家でも職場でもない、責任のない、自由な第三の場所。だから、いちいち『勘違い』して騒ぎ立てる子供が邪魔だと思った気持ちも、いまならわからなくはないの」

「災難でしたね。そもそも人の紹介とはいえ、女性しかいないとわかりきっている場所に男ひとりで入っていく時点で、だいぶ神経が太いと思いますけど」

言ってから「新人くん」は、はたと我に返ったように虚空を見つめて静止した。

「……私が言えたことじゃないか」

自虐なのか真摯な反省なのか読み取れず、どうにか返事は保留にした。

胸の中で荒れ狂っていた波がゆっくりと落ち着いて、鼓動と一体化していくのを感じる。

これまでだれにも伝えられなかった感情、きっと眉をひそめられるか笑われるかだと思っていた居心地の悪さを、目の前の彼は当たり前のように受け入れ、それが存在してしかるべきだという前提で話を進めた。それどころか、不気味ですね、気持ち悪い、と、先んじて口に出しさえしてくれた。こちらが言わなくても、気がついて、理解してくれた。

その事実が、コーヒーを飲んだときよりもはるかに熱を伴って胸に拡がる。

この人は、味方だ。少なくとも理解してくれる。それだけで、じゅうぶんだった。

「ともあれ、よかったですね。無事に逃げられて」

「そう思う?」

「はい。そういう人種は、言って聞かせてもこちらが疲弊するだけですから。関係性にストレスを感じたら、相応の距離をとって身を守るのが賢明です。たとえ家族であっても」

「あの、香水の件があったときにね」

最後の注釈にわずかな引っかかりを覚えるよりも、口に出すのが早かった。

そして口に出しただけでも、あの甘ったるい匂いがコーヒーの香りに負けずに手首から立ち上ってくる気がした。ぎゅっとカップを両側から包み、手首を陶器の肌に押しつける。

「思ったの。ああ、ここでもか、って」

「ここでも?」

「もう十代じゃなくて、学生でもなくて、自分で仕事して、職場は女性が多いところで、なるべく隙を見せないようにもしてきた。それでもやっぱり、ちょっと警戒を解いただけで『こういうこと』はあるんだって」

「女性が多いから、歯科助手のアルバイトをしているんですか?」

「結果的にそうなっただけ。でも、これ以上どうすればいいんだろう。いつまで逃げれば『これ』は終わるんだろう。もちろん、そういう面倒な『おじさん』たちが死に絶えるのを待っていればいいんだって頭ではわかってる。でも、その人たちは父と同世代なの。まるで親の死を願っているみたいで、そんな自分がたまに薄気味悪くなるよ」

「大丈夫です。そういう問題じゃありませんから」

淡々とした中にも、言葉の前半と後半で、はっきりと温度差のある口調だった。

「そういう、って？」

「世代の問題じゃ、ないですから」

傍目にもわかるほど、ぽかんとした顔をしていたらしい。

まるで噛んで含めるように、「新人くん」はゆっくりと言った。

「そういう人種は、滅びません。絶対に」

一瞬、予期せぬ角度から水を浴びせられたような心地になった。

そんなことをするのは、わかりあえない人種、あの患者のような人だけだと思っていた。

「でも……だってさっき、時が経てば言葉の意味も社会も変わる、どうなるかなんてだれにもわからないって」

「確率の話をしているんです。たとえその俳句教室の男や、……私の叔父くらいの世代の人たちが死に絶えたところで、こうしているあいだにもどんどん新しく、若い『おじさん』が湧いて出てきています。しかたないんですよ。世界は継ぎ足しのタレのようなもので、かつてメインの素材として大鍋で煮込まれていた彼らのエキスはもう、どうしようもなく社会に染み出している。もちろん、時間とともに薄まることはあるかもしれない。でも、鍋の中身をすべて空にしないかぎり、決してなくなりはしない」

　なぜなら、と「新人くん」はらしくもない性急さで続けた。

「気持ちがいいからです。自分の絶対的正義を疑うことなく、そのための道具として人を利用することには、どうしようもなく快楽が伴うからです。人間って快楽には弱いものでしょう？　だから『おじさん』たちが絶滅するためには、一度タレの入った鍋をひっくり返して中身をみんな捨てないといけない。だから森さんの言うことが実現する可能性は、世界が滅亡するのと同等か、それ以上に低いように思います」

　それ以下って言うべきか、とつぶやく「新人くん」の視線を、もう受け止めることに耐えられなかった。すっかり純粋な黒さが失われて、雨の日の砂場のように茶色く泡立ったコーヒーの表面に視線を落とす。

　ひとたび混ざってしまったそれらは、たとえこの場でカップをひっくり返しても、一滴残らず中身を濾過しても、永遠に分離できない。

「それに、どんな主語であれ『滅んでしまえばいい』と願うことは、かならず争いの種を生みます。今度はこちらが加害者になる。私は、少なくともまだ、そこまでの覚悟は持てません。森さんは、どうですか？」

「……でも、矛先がこっちに向けられる日は終わるよね」

「また可能性の話で申し訳ないのですが、それも望み薄かと」

「なんでそんなことが言い切れるの」

「『おじさん』は、『年輩の』『男性』とは限らないからです」

凪いでいた口調が、ほんの少しだが、たしかな波を帯びた。

それは「おじさんはすぐ無許可で写真を撮る」と言ったときと同じ、彼の思考ではなく肌感覚、実感をもとにして、重い身体を沈めた浴槽からお湯が溢れるように自然とこぼれ出た台詞だった。その証拠として、例を見ず「新人くん」はしだいに早口になっていく。それこそ、入れ物ごとひっくり返して濁った中身を捨ててしまいたいと言わんばかりに。

「そして、犠牲になるのは『若い』『女性』だけではないからです。その事実を認めなければ、森さんも相手の理論を受け入れたことになりますよ。若いから、女性だから、こんな目に遭ってもしかたないって。そして、理由はいくらでも代替可能です。容姿が優れているから、劣るから。頭が悪いから、よすぎるから。相対的に、少しでも異端な部分があれば――」

「じゃあ、どうすればいいの？」

ほとんど半泣きで相手の台詞を遮ると、澱《おり》が抜けたように明快な返事があった。

「逃げるんです。とにかく、ストレスの少ない環境を探すんです」

「だから、それはずっとやってきたってば。もう疲れたよ」

「なら、彼らと渡り合うために工夫することですね」

「なんでこっちが？」

「天変地異みたいなものなんですよ。自分の身を守る方法を考えることは、屈したこととイコールにはなりません。距離を置くか、理解してくれる味方を作るか——」

「あなたは？」

味方になってくれないの？

続きを口にできなかったのは、あからさまに「新人くん」が絶句したからだった。

ぎょっとした、なにを言われているのかわからないという顔で見返されて、こちらのほうが絶句してしまう。ほかならぬ彼自身が、さっきまであんなに理解を示してくれていたのに。それが「味方」であるという表明以外の、いったいなんだと言うのだろう？

やがて返ってきたのは、旨味がすっかり抜けたコーヒーの抽出液の出がらしのような、苦くて渋い言葉だった。

「……私には、無理ですよ」

「どうして。やっぱり面倒くさい？」

「違います。……こうしてもっともらしいことを言って悦に入っている時点で、私自身も彼ら、あるいは彼女らと、同類だからです」

「でも、あなたにはきちんと自覚があるじゃない」

「いいえ。すべての加害者には自覚がないものです。追い込むだけ追い込んで、いざ相手が倒れると、傍観者か第三者、ややもすれば被害者の顔をする。そんなことはない、自分の罪深さくらい自覚しているという人間は、たいてい自分こそ加害者だという被害者意識に溺れているだけです。そしてそれは、私にも当てはまる」

「新人くん」がコーヒーカップを口に運び、くっと頭を仰向けた。くっきりと浮き出た喉仏を眺めながら、ああ、男だ、と思う。

知っていた。この人は、男だ。

「すみません。ちょっと、トイレに行ってきます」

そう言うとマスクをつけ直し、「新人くん」は席を立った。

いつのまにか、騒々しかった後ろの席が少し静かになっている。わざわざ振り返ることはなかったが、異様な空気が彼女たちにも伝わったに違いないとなぜか確信していたたまれなくなった。傍目には自分たちは、自分は、どう映っているのだろう。年下の彼氏に痴話喧嘩を吹っ掛ける面倒な恋人？　弟に説教される駄目な姉？

呆然と手元のモンブランを見下ろす。

乾きつつある表面にはフォークの跡が残り、崖のように三角形の一辺を抉《えぐ》り取ったきりになっている。あれだけ話しつづけながら、それをいつ口に運んだのか、記憶がまるでなかった。一方で向かいにある「新人くん」の皿にはかけらひとつ残っておらず、彼がなにを注文していたかすら、思い出せなかった。

18

サインとコサインは、電車の吊り革を握れない。

たとえばいまのように遅延に巻き込まれたときなどは、世界にさらされる部分がなるべく少なくなるように身を縮め、あえてほかの乗客からの負荷を受け入れることで耐えてきた。彼らは水に浸すと膨張するおもちゃのようで、ふくらみはしても決して引っ込みはしない。前に座ったサラリーマンが鼻に指を突っ込む様子がコサインを舌打ちさせ、隣に立つ若い男ふたりが交わす会話の下品さから気を逸らそうとサインはますます鞄を強く抱く。世の中に数多いる、顔のない「彼ら」が触れた場所を握ることに、ずっと抵抗があった。

その程度の潔癖症ならめずらしくない。それにこれは昔からの習慣で、さしたる理由があるわけではなかった。そう、たとえば「新人くん」に打ち明けたような出来事のせいで周囲に隙を見せるのを恐れているとか、そんな単純なストーリーでは、断じて、ない。

——いったいなんなの、あいつ。

コサインがむらむらと腹を立ててきたのは、「新人くん」との解散後、電車に乗り、乗換駅でサラリーマンや若い男たちを含む大勢の客を見送ったことでようやく息をつき、出入口の脇のスペースに陣取ってしばらく揺られたころだった。

　初対面から苦しそうだと思ってた、だって。見るからに関心なさそうだったくせに。わかったような顔してさんざん偉そうなことほざいて、そのあげく「味方になるのは無理」？何様のつもりなの？　それらしい理屈つけてはいたけど、要するに説教したいだけ、深く関わるのは面倒だってことでしょ。はっ。こっちから願い下げだっての。

——そこまで言わなくてもいいでしょう。

サインがここまできっぱりと否定を表明するのは、めずらしいことだった。

たしかに、最後のはショックだったけど。あれも彼なりの誠実さじゃないかな。

誠実？　あんた、辞書引いたことないの？

それに、彼が話したことはお説教じゃないと思う。単に気遣ってくれただけで。

気遣い？　そりゃそうでしょう、あんたがそう仕向けたんだからね。とっくに忘れてたような話までわざわざ蒸し返してさ。よりにもよって、あんな得体の知れない奴に。またひとつ同情が買えてさぞご満悦でしょうね？　あの手のエピソードからどういう男たちがどんな物語を作り出すか、あんたは知り尽くしているんだから。

違うよ。あたしが話したんじゃない。あなたのほうでしょ？

……あたしが？

そうよ。あんまり淡々と話されたからイライラして、自分がどんなひどい目に遭わされたか無理やりぶちまけて、大っ嫌いな「男」のあの子にも責任を感じてほしかったの。あの子はなにも悪くない、ただ、本当のことを言っていただけなのに。

くだらない言いがかりはやめて。あんな奴にどう思われようが、興味ない。

じゃあ、どうしてそんなに怒るの？

……あんた、調子に乗るのもいいかげんにしなさい。

幼いころのサインは塾通いやピアノの練習が億劫になると、かならず自分に甘い祖母の部屋に逃げ込み、その陰に隠れて逃れようとした。そんな狡猾な子供をみずからの手で引きずり出そうとするように、コサインはぎゅっと左手で右手の甲をつねり上げる。

忘れたわけじゃないでしょうね？　あんたがあたしの助けを、あたしを、どれだけ必要としてきたか。あたしがいなかったらあんたなんか、とっくにあの香水男の……。

それはいま関係ないでしょう。

ほーら、怯えた！　自分の身も守れないくせに、知った口をきくのはやめて。それともまさか「怒るのは弱点を突かれたからだ」なんて、いかにもくだらない男たちが考えそうな御託を並べるつもりじゃないでしょうね？　あいつらはね、知らないからそんなことを言うの。いきなり理不尽をぶつけられる痛みを。勝手に赤の他人の見当違いな物語のキャラクターにされる屈辱を。とっさにそれに抵抗するのが、どれだけ難しいことかを。

……急に水をかけられて、黙っちゃうみたいに？

コサインが右手に食い込ませる爪の力が強くなった。

だが、サインにとっては痛みより、自分の言葉で一矢報いたことによる誇らしさのほうが勝っていた。

ねえ、コサイン。彼の言うとおりだよ。これまでずっとあたしたち、ううん、あなた、難しく考えすぎてきたのよ。もっと楽になろう？

この期に及んで、まだそんなお花畑なこと言うわけ？

なんのために戦っているの？

そんなのひとりでも――

ううん、違う。あたしを、あたしたちを、守ってくれるためでしょう?

コサインがぱっと手を離した。

その隙にサインは右手を動かし、包み込むように、あるいは蛇が獲物を丸呑みにするように、左手の指をそっと折りたたんで握った。

ひとりで背負い込まないで。あたしはもう、小さな子供じゃない。あなたに助けを求めてばかりだった中学生でもない。あなたには、あたしがいるわ。

……なんの役にも立たないくせに。

嘘。そうでもないってこと、あなたはよく知ってるじゃない。

ちょうどそこで、電車が駅に到着した。

追われるように踏み出そうとしたコサインの左足は、踵が電車とホームの隙間にはみ出し、バランスを崩したことで体ごとよろけた。サインが右足首を後ろからそっと、しかしぬかりなく、そこに絡ませて転倒を防ぐ。

何食わぬ顔で歩き出しながら、サインは微笑を抑えきれない。

……あんたの甘っちょろい魂胆なんか、お見通しなんだから。体よくあたしを厄介払いするつもりでしょう。おあいにくさま。あたしがいないとあんたは生きていけない。

わかってる。だから、手を組みましょう。

手を組む？

彼も言ってたじゃない。ぜんぶ本当の自分だって。

いちいち彼、彼ってうるさいな。惚れでもした？

人によって、顔を使い分けるのは当たり前だって。みんなやっていることだって。同じことを、あたしたちもやればいいの。そうやって世間を渡っていけばいい。あなたは賢い。手段のための目的にこだわるんじゃなくて、目的のためにあたしを手段にしてよ。

やめて、というコサインの拒絶は弱々しかった。コップの水を顔面にぶちまけられた、あの日のように。そして、それこそがサインの望むところだった。

ひとりで立ち向かうのはやめよう。味方を探してうまく取り入ろう。香水の人の件だって、たいしたことない。院長に頼んで、ちょっと話を盛って、いかにもつらいって顔をして、同情を引けばいい。そうすればなんとかなるよ、きっと。

エスカレーターで昇ろうとした上方の出入口から、刺すような寒風が吹き込んできた。震えるコサインの肩を、サインは両腕を組んで抱く。

それって媚びるって意味？　勘弁して。また弱みができるだけじゃない。

弱くてなにが悪いの？　気持ちよくなって、守ってもらえるならいいでしょう。それに、そこまでやって無理なら新しい手を考えればいい。そのほうがずっと楽だよ。あなたがひとりきりで戦うよりも、ずっと。

風はますます強まっていき、サインはマフラーを優しく巻き直してさえやった。ついにコサインが首肯するように、あるいは投降するように力なくうなだれた瞬間を見計らい、サインは駄目押しを期待しながら最後のカードを切った。

タンジェントも、そう思うでしょう?

返事はない。

しばらくは、サインもコサインもそのまま足を進めていた。寒風吹きすさぶ帰り道で立ち止まるほど酔狂ではない。それに、動ける元気があるうちは動いているほうがずっといいとわかっていた。タンジェントがそうしていたから。

ねえ、タンジェント。

その呼びかけがどちらから発されたものか、サインにもコサインにもわからない。

――タンジェント?

いずれにせよ、応えはなかった。

いつもうるさいほど茶々を入れてくるタンジェントが、しばらく沈黙していることには薄々気がついていた。だがサインとコサインはこれまでそのことを、単に自分――お互い、自分に――同意するから出る幕はないという表明だと、舞台裏で暇を持て余しているのだとばかり思っていた。

嘘。

声にならない声は体の中心をまっすぐ落ちていき、むなしく反響して消える。

その空虚な響きはサインとコサインに、かってあったものの欠落を決定的に知らしめる。そしてそれを自覚するやいなや、世界が軸を失ったように大きく傾《かし》いだ気がした。

震えながらもつれだした足を、サインとコサインはひたすら懸命に、交互に動かす。まるで、帰り着きさえすればタンジェントがふたたび現れると信じているかのように。

19

サインもコサインも、自分は冷静なつもりだった。突然のタンジェントの不在に動揺しているのは、あくまで相手だけだと思い込もうとした。だが、いきなり空いた穴の中をたくさんの虫が這いはじめたような嫌悪感は、凍りついた血の代わりにいまや全身を駆け巡っていた。それは否応なく襲いかかってきて、どうあっても直面している現実から切り離せない。

しかたなくそう認めると、サインとコサインは次にいつもの常で、お互いを攻撃することにした。望まない危機を招き寄せるのは、決まって自分ではなく、相手のほうなのだから。

帰宅したとたんに靴を脱ぐのももどかしく、サインは右の、コサインは左の、踵を踏んで足からパンプスを外した。

洗面所に直行し、鏡に顔を映す。

サインは右目で、コサインは左目で、お互いの敵をまっすぐに睨みつける。

サインは眉間に寄ったしわを右手で強くこすり、コサインは頬に垂れた髪を左手で引っ張る。コサインが服の隙間から覗いた胸を爪を立てて掻きむしれば、サインは首に走ったたるみを締め上げるように引き延ばす。見れば見るほど、耐えがたいほどに醜い。

あたしたちは醜い。

どうしていままで平気で生きてこられたんだろう？　なんでこんなに簡単な、ぱっと見てわかることに気がつかなかったんだろう？　その答えには、すでに思い至っている。

ずっと、タンジェントが目をくらませてきたのだ。

タンジェントがいたから、都合の悪いことはごまかして生きてこられた。

お願いタンジェント、助けて。

タンジェント、早く答えてよ。

サインとコサインは、おのおの右手と左手を動かして体中をまさぐる。耳。目。胸。腹。腰。沈黙しているタンジェント、こんな状況にもかかわらず無責任に知らんふりを決め込んでいるタンジェントの存在を、どこかに探り当てようとする。

いつもの悪ふざけだろうか？　揉め事になると、決まってへらへらしながら割って入ってくるタンジェント。くだらないことばかり思いつき、いくら真面目に話そうとしてもすぐに矛先を逸らしてしまうタンジェント。なにもかも冗談に紛れさせたがって、その場を丸く収めるためならどんな手でも使うタンジェント。すべてをすっかりあきらめたように、自分の意見も意志もないタンジェント。

失うものなんかない、だからどれだけ傷つけたって平気なはずの、タンジェント。

お願いだから早く来て。あたしたちのあいだに入って代わりに傷ついて。そうでないと、困るのはあんたでしょう？　あたしたちがいないとあんたは生きていけないんだから——

ふと、ひとつの疑問が湧き上がってくる。

タンジェントなんて実在したのだろうか？

そういう存在がいたほうが楽だというだけの理由で生み出された都合のいい身代わり、それがタンジェントだったのかもしれない。そして、最後には消してしまった。左右から追い詰めて、だれからも忘れ去られた場所へと追いやった。ちっぽけで目障りな虫のように、両側から潰してしまった。

直線をひとりで退場させ、曲線を別人に変えてしまったように。

今度はだれを殺すまで戦いつづけるんだろう。

そもそも、なにを守るために争っていたんだろう。これまでずっと、存在するために戦っていると思っていた。でも本当は、相争うことによってこそ存在していたのかもしれない。戦うべき相手を失ったが最後、自分がだれなのかもわからない。

サインはコサインだと思っていたものにじっと目を凝らす。

コサインはサインだと思っていたものにじっと目を凝らす。

あたしたちは醜い。

よろよろと洗面所を出たコサインは、ふだん気にも留めなかった、あるものを目にする。

そしてほとんど反射的に、それ——枕元にあった、サインが実家から持ってきたぬいぐるみを摑んで、そのままゴミ箱に叩き込んだ。

サインは声にならない悲鳴を上げる。

そしてその瞬間、自分が「新人くん」に嘘をついたことを知る。幼いころ、祖母が拾った猫を父がつまみ上げて家から出て行く様を、自分はほとんど見ていないと言った。だが、実際はたしかに目にしていた。思い出そうとしなかっただけで。

もうひとつ、今度は自分についた嘘を自覚する。喫茶店で「新人くん」に長々と打ち明けたような過去、あんなことは重要でもなんでもない。ただ単に、説明しやすく象徴的だったというだけだ。あの瞬間にすべてが始まったなんて、そんなわけがない。

昔から、もしかしたら物心つく前から、この不毛な戦いは始まっていた。

コサインは同じ作業を、今度は洋服や下着に対して繰り返す。クローゼットのパジャマや下着を愛らしいデザインのものから順に引きずり出し、不透明な袋に入れていく。そこにはいつものような、サインを揶揄する言葉はない。

ふいに足がもつれた。サインの右足が、コサインの左足にひっかけられたように。

サインはとっさにカーテンにすがりつく。吟味に吟味を重ねて買った、花模様を散らした北欧風のカーテン。ひとり暮らしを始めるとき、防犯の上ではシンプルなものがいいというコサインや家族の反対を押し切って選んだものだ。勢いあまって頭が窓ガラスにぶつかり、予想以上に重い音を立てる。

コサインは衝撃で動きを止める。

その隙を見て、サインはほとんど小走りで、雑誌をまとめて捨てるためのビニール紐を持って戻った。壁際の本棚の前。たとえ値段が高くても、配送料がかかっても、天井まで届く高さのものを、という条件をコサインは絶対に譲らなかった。

サインは腐った内臓を掻き出すように、その中身を床に積み上げていく。資格試験や語学の参考書、これくらい読んでおくべきだと思いながらも実践など一度もしなかった自己啓発書。それらを丹念に縛り上げるが、どうにも結び目がゆるんでしまう。あたしっていつもこうだ、とサインは情けなくなる。いい大人なのにゴミ捨てひとつまともにできない。でも、しゃーないな、と笑ってくれるタンジェントはもういない。だから自分で、どんなに不器用でも、手足を振り回さなくては。

コサインがサインを止めようと身をよじった拍子に、肩ごと本棚にぶつかった。その拍子に棚が揺れたのか、最上段、引っ越して以来ほぼ触れた記憶のない場所から、いくつもの収納ケースが落ちてきた。

サインとコサインは同時に悲鳴を上げて頭を抱える。

蓋が落ちた拍子に外れ、次々とすさまじい音を立てて中身が床にぶちまけられた。

いちばん目立つのは、冊子状になった大容量のCDおよびDVDホルダーだった。外側のパッケージまで保管しておく余裕がないのでそうしたらしい。中身の大半がその時々に好きだった芸人やアーティストのディスクで、市販されていたものと録画したものがあり、後者にはいちいち油性ペンで日付と番組名が書き込んであった。とっくに放送の終わった歌番組やバラエティ番組の名前は、あらためて見ると逆に目新しい。

古びた雑誌の山には、目当てらしきページにいちいち付箋が貼られている。とうてい外に着ていけないデザインのTシャツや洗濯すると色落ちしてしまうだろうタオルをはじめとする、実用性のないライブグッズもそこかしこに散らばった。それだけではない。アニメや漫画のキャラクターのアクリルスタンドにフィギュア。続編が出ないまま絶版になったライトノベルのシリーズ。一度も開いていないから中身がわからないまま巻かれているポスターの束。ハードウェアがとっくに骨董品と化した古いゲームソフト。

どれもこれもいまさらなんの役にも立たない、なぜ引っ越すときに置いてこなかったのか不思議になるガラクタばかりだった。少なくとも、サインとコサインにはそう思えた。こんなどうでもいいものたちは、実家に捨て置けばきっとだれかが処分してくれたのに。

そもそもだれが、なんのために、こんなどうでもいいものたちを集めて、自分たちの目を避けるように隠しておいたのだろう?

ゴミの山の中央で立ち尽くしていた、そのときだった。

本棚の向こうで、どん、と壁が音を立てて震えた。

サインとコサインは息を呑んで静止する。

壁は妙に有機的な不規則さで、どん、どん、と外側から叩かれている。それはいつまでも途切れないし、そこに込められた力も衰えない。腹の中まで抉るような響きで何度も何度も何度も何度も壁は鳴りつづけ、そして、また静かになった。

サインとコサインはしばらくのあいだ、一切の動きを止めて立ち尽くす。

唐突にサインは悟る。

きっとこれからの人生、ずっとこの「箱」の中で過ごさなくてはいけない。外には怖いものがたくさんある。決められた形を侵そうとすればこうして押し留められる。せいぜい内側でうごめくだけ。そしてうごめきが激しいほどにそれを外から観察されて、笑われるか目を背けられるか。ここにいれば守られているからずっといなさい、となにもわからず囲われた場所から、気がつけば、もうどこにも行けない。

同時にコサインも悟る。

これが「箱」の正体だ。放り込まれた場所でどんなに悲鳴を上げたって、手を差し伸べられるどころか見て見ぬふりすらされない。むしろ、振り絞った声がうるさいから黙れと封じ込めるのが「箱」のやり方なのだ。目をつけられる前に自分でなんとかしないといけない。せいぜいその内側で手足を突っ張り、潰されないようにと気を張りつづけていないと、だれも守ってくれない。

何者にも怯えずに、ありのままの姿でなんて、いられるわけがない。

ひとりの人間が「箱」の中で引き裂かれた残骸。それが、あたしたちの正体なのだ。

気がつけばサインとコサインは、自分たちのもっとも手近にあったものを振りかぶり、殴られたとおぼしき場所に向かって投げつけていた。

案の定、また、外側から音が鳴りはじめた。

突き破らんばかりのそれは、今度は駄目押しのように一度でやんだ。だが、サインとコサインはもう気に留めなかった。ただ床に落ちた、さっき思いきり壁に叩きつけたもの――ポケットにしまってあったスマートフォンを、呆然と眺めていた。

裏返しになったその液晶を、おそるおそる確認する。

電源は切っていなかったにもかかわらず、真っ黒な画面にはクモの巣状のひびが入り、そこからなにかが漏れ出たように、虹色の線が浮き出ていた。あちこち場所を変えながら、指で押してみても反応しない。いや、中身はなにかしら変化しているのかもしれないが、表に出ている部分はなにも変わらない。

なにも。

頭を何度もぶつけたせいか、ふいに激しい眩暈がした。

サインとコサインはその場にへたりこんで、駄々をこねる子供のように丸くなり、両膝を抱えて動かなくなる。

20

時が過ぎる。何分、何十分、あるいは何時間かもしれない。

そこへ、糾弾のように電子音が響く。

通話の機能は生きていることがそれで判明する。肘から下がびくんと跳ね、それを合図に体がゆっくりと倒れる。

電子音はしばらく鳴りつづけたが、やがてあきらめたように途切れた。

——もしもーし。さっちゃん?

それは自分の声として聞こえる。頭蓋骨の反響を経ずに、外側から感知する自分の声。だれよりも慣れ親しんでいるにもかかわらず、この世で自分自身だけが、決して直接耳にすることができない声。

——お母さんやけど。

もちろん声の主は、そんなことには頓着せずに続けた。

——こないだ頼んだ国民年金の領収書、悪いけど早めに送ってくれる? こっちで必要みたい。それか、来月までに帰ってこられそうなら直接渡してくれてもええよ。お母さんもすっかり忘れてて、お父さんにまーた怒られてもうたわ。漬物石のほうがよっぽど役に立つ、やって。石は邪魔なとき邪魔や言うてもどいてくれへんでって返したけど。

通話口の向こうで、声は「あはは」とひとりで笑った。

——そっちも冷えるらしいね？　こっちも、きょうの天気予報で週末雪や言うてたわ。おばあちゃんがまーた、そろそろお迎えが来る、って言い出してかなわんよ。あ、大丈夫やで？　まだぴんぴんしてる。単に気ぃ引きたいのよ。あの人、ずっと世間知らずのお嬢さんっていうか。大きな子供みたいなもんやから。

まあでも、と、明るかった声のトーンがふいに少しだけ落ちた。

——実際、そろそろ顔見せに帰っておいで。お父さんもおばあちゃんも、さっちゃんはどうして戻らへんのってうるさいねん。あの子はあの子で忙しいんよって言うてるけど、なんで電話にも出ぇへんのって。お母さんに訊かれても困るっちゅうねんな。

——ねえ、ほんまにちゃんとやってる？　便りがないのは元気な知らせっていうけど、限度があんねんで？

——帰っておいで。無理なら、声くらいは聞かせてよ。

——お願い、さっちゃん。

——連絡してね。

そしてまた、沈黙が訪れる。

次に訪れたのは、痛みだった。

なにもしていなくても、どこへも行こうとしなくても、痛みだけは勝手に外から来て、そこに自分の体があること、その形を訴えてきた。同じ姿勢で長時間いつづけたせいで、膝と額の骨をこすりあわせていた部分が疼《うず》いている。そこから痛みはじわじわと、神経を伝って全身へと伝達された。重い頭と肩をつなぐ首筋。不自然に曲げている腰。すっかり血の気が失せて、麻痺しているにもかかわらず刺すように冷たい足の指先。

ほんの少しずつ、首をねじって頭の位置を変えてみる。

やがて、左側を下にして丸まっていた体が少しずつ動き出した。

まず、足の爪先が小さく揺れる。

足首を回し、ふくらはぎを伸ばす。長いあいだ凍りついていたことへの手持ち無沙汰もあって、それは聞こえもしない音楽に合わせてリズムを刻んですらいる。

そのさなかに左手が動きだし、ずり落ちかけた服を胸元まで引き上げる。乱れたスカートの裾を直し、前髪を整える。唇の乾燥に気づき、舌がささくれた部分を舐める。

掠れた喉が唾を飲み込み、ひとりでに声を放った。

――れんらく、せな。

それを合図に、最後まで止まっていた右手が動き出した。

指が一本失せたような心もとなさに虚空をさまよってから、手は目当てのものを探して床を這い回る。しばらくして、やっとそれに指先が触れた。スマートフォンの輪郭を掴み、ほかにはなにも視界に入らないほど顔の近くまで引き寄せ、目を開ける。

真っ黒な液晶。

そこにはだれの顔も映っていない。

わたしは声にならない笑い声を上げる。

21

『森さん』

『森さん、大丈夫ですか』

『院長が連絡してほしいそうです』

『心配していました。森さんが、無断欠勤をするはずないって』

『直接言いづらいなら、ここで教えてくださいませんか』

農場主と「友達」になった相手から送信されてきたチャットは、強制的に画面を分割してウィンドウで表示される。それを自動で処理する機能はない。プレイヤーが端末をタップして既読にしないかぎり、メッセージは際限なく溜まってゆく。

『お忙しい中すみませんが、本当に連絡くれませんか』

『正直、私も困っているんです』

正三角形の農場をまっぷたつに割って、一方的な会話は続く。

チャット欄の内部では、ふだんはプレイ中に意識させられることのない現実世界の送信日時が、メッセージの送り主のニックネームとともに記録される。夜も雨もなく、ずっと青空が続くのどかな農場の左半分で、日をまたぎ、夜を越えて朝を越えて、淡々と、しかし着実に、確かめて消す相手がいないまま、時の経過は刻まれつづける。

『しつこくて申し訳ありません』

『私も気が進まないのですが』

『どうやら、ふたりで会っていたのを見られていたそうで』

『最後に森さんと話したのが私なので、なにかあったと思われているようです』

『なにもなかったと何度も伝えているんですが、ずっと疑われて』

牧場エリア、畑エリア、工場エリア。

いまやどこも、ゲージは満タンになっている。

コマンドを選択しないかぎり、牛乳も鶏卵も彼ら――彼女らの体の中で、新鮮に温められつづける。羊も豚も老いさらばえたりせず、いつまでもたっぷりと肥えてベストの状態で待っている。リンゴもどれだけ放置しようが食べ頃のまま、みずみずしく枝にぶら下がっている。工場で生産される飼料は腐らないし、窯の中のピザが焦げることもない。依頼したセーターがいつまでも届かなくても、苦情を入れてくる顧客もいない。

『さっきはお電話いただいたそうで、ありがとうございました』

『短いあいだでしたが、お世話になりました』

『森さん、関西出身なんですね』

『院長が驚いていました。訛りがあったから、一瞬だれかわからなかったって』

それから、二分割されたまま世界はしばらく静止する。

主の不在によって、そこははじめて過不足のない状態に留まっている。完成したパズルのように止まった空間をよそに、現実ではまた時が過ぎていく。

そして、受け取り手のいないメッセージがふたたび投下される日がやってきた。

『森さん、お久しぶりです』

『急にすみません』

『ミッション達成に必要なものを、いくつか頂いていっていいですか』

『期限が迫っていて』

『これさえクリアすれば必要なクレジットが貯まるので』

『お願いします』

しばらく間を置いて、新しいメッセージが表示される。

『ぼく、猫が欲しいんです』

送り手が返事を待つあいだだけ、現実とゲームの中の時の流れが合致する。

やがて、完璧に満ち足りた世界に少しずつ変化が生じはじめた。

牛がみずから乳首に瓶を嵌め、豚たちがサウナに入ってはほっそりとした体で出てくる。小麦畑を無人のコンバインが走り、リンゴが枝から落ちては用意されたカゴに入っていく。

牧場エリア、畑エリア、工場エリア。それぞれに表示されていた満タンのゲージが続々と空になり、あちこちで「収穫完了！」のマークが点灯する。すぐに飢えを訴える家畜たちには餌が与えられ、畑には水が撒かれ、そこからの収穫物が工場へと運ばれる。

『ありがとうございました』

『もし、もうプレイしないのであれば、ここを任せてもらってもいいですか』

『ふたつあったほうが効率がいいので』

『返事がないのは、許可ということで差し支えないでしょうか』

最初は形を保ったまま新しく稼働しはじめていた農場は、しかし、劣化に逆らえずなだれ落ちてゆく砂の城のように、しだいに外縁を崩していった。

まずは牧場エリアから羊たちが引き離され、紡績工場のとなりへと移った。乳製品工場の近くに牛と山羊が置き換えられた。パン焼き窯とワイン工場はそれぞれ小麦畑とブドウ果樹園のそばに運ばれた。次々にできていく穴を埋めるべく、ドミノ倒しのように淡々と、かつ迅速に移設作業は進められ、あっというまに正三角形は跡形もなくなっていった。

その、崩れていく枠線の向こう側に流れ出るように、かつてそこにいた者の過ごしてきた時間は駆逐される。二度と同じ場所に戻ることはない。

22

機種変更の手続きは一時間足らずで済んだ。

なるべく前と使い勝手が似た、同じ会社のものがいい。そう考えて選んだ新しい機種は、これしかもう在庫がないという理由で「ムーンライトイエロー」だった。いつもなら絶対に選ばない色のそれを、最近にしてはめずらしいよく晴れた空に掲げてみる。昼の月が夜よりもはかないことを差し引いても、両者の色彩は似ても似つかない。

ムーンライト？　この、お風呂に浮かべるアヒルのおもちゃみたいな真っ黄色が？

「うそをついたやうな昼の月がある」

ふと脳裏に浮かんだ有名な俳句を、マスクの下で諳《そら》んじる。すると、ようやくそのばかばかしい色が腑に落ちた。たしか、これは秋の俳句だったけれど。

「これ、買い替えたほうが安く上がるんじゃないですか？」

修理を希望して画面の割れたスマートフォンをカウンターの上に出したとき、それまで丁重だった若い男の店員は思わずといった様子で態度を崩して鼻で笑った。

スマホってどのくらいで買い替えるものなんですか、と訊いたら、ふつうは二〜三年ですね、という返事だった。新しい機種の候補を挙げられたときも、どれがおすすめかという問いに対して半笑いで答えがあった。

「どれもいまのものよりは性能が上ですから、見た目で選べばいいですよ」

腹を立てるべきだったのかもしれない。だが、思い出しただけで笑いがこみ上げてきてしまう。スマートフォンを買い替える頻度に「ふつう」があるなんて知らなかった。仮にもプロであるスマホショップの店員が、見た目で選べば、という投げやりな言葉を堂々と放ったこともおかしかった。その末にいま手にあるのが、この冗談じみた黄色だ。しかもなにも知らないあの店員は、機械に疎い女性客がこれを「見た目で選んだ」と思っている！

なにもかもおかしくてしかたがなかった。いますぐにでも、この話をだれかにしたくてたまらない。同じく笑ってくれるであろうだれかに。

ＳＩＭカードに支障がなかったのは幸いだった。スマホは電源を入れるとたちどころに起動し、アプリのアイコンがびっしり並んだデフォルトの待受画面が表示された。適当にいくつかタップして、データの引き継ぎや動作に支障がないことを確認する。本体の横についたボタンで音声入力のアシスタント機能を作動させ、無機質なＡＩの声が流れてくると、今度は実際にくすくすと思い出し笑いがこぼれた。

割れた古いスマホはてっきり完全に操作不能になったと思い込んでいたので、偶然ここを押してすっかり忘れていたそれが作動したときにはひとりで悲鳴を上げるくらい驚いた。いずれにせよ使い物にはならないので修理に出すつもりだったが、おかげできょうを待たずに必要な連絡を済ませておくことができた。どうせ新しく生まれ変わらせるのなら、その前にわずらわしいことはすべて終わらせよう、という気がしたのだ。

「実家の母の体調が悪くなって。突然すみません」

勤務先だった歯科医院には、そうとだけ伝えた。それさえ言っておけば、相手がなんと思おうがなにも返せないことはわかっていた。罪悪感も嘘を追及される恐怖もなく、その証拠に、口元にはかすかな笑みさえ浮かべていた。ほとんど一言一句想像から外れなかったやりとりを経て通話を終えたのが、ずいぶん遠い昔のことに感じられる。

　おもちゃのように新品のスマホをひとしきりいじり回し、顔を上げたタイミングで、ふっと足が止まった。

「あの、すみません。手伝いましょうか？」

　声をかけた相手は、歩道橋の前で立ち往生していた、和服姿の女性だった。

　短い白髪はきれいに撫でつけられ、その色合いがみずから望んだものであることを周囲に示している。まるで銀世界のように日光に映えるそれに見とれつつ、あんなもののたった一本でなにを怯えていたんだろう、とまたおかしくなった。腰も曲がっておらず、仕草もかくしゃくとした彼女につい声をかけたのはそのせいかもしれない。

　振り向いた顔にはきっちりと化粧が施され、その身綺麗なたたずまいは、おばあさんとか、おばあちゃんといった呼びかけをかたくなに拒んでいるようだった。老婆ではなく老嬢と呼びたくなる風情がある。だが、手に持った銀のスーツケースだけが異彩を放っていた。人がすっぽりと収まりそうな大きさのそれは、階段を上るにはいかにも邪魔だった。

「でも、あなたもお荷物が」

　老嬢は嬉しそうに目を開いたあと、肩に引っかけたボストンバッグを見て眉をひそめた。

「大丈夫です、意外と軽いですから。駅までですか？」

「ええ」

「じゃあ、一緒の方向なので。どうぞご遠慮なく」

「そしたら、お言葉に甘えようかしら」

返事を聞くが早いかボストンバッグを背中に回し、スーツケースを両手でぐっと持ち上げる。本当に人がひとり、いや、ふたりくらいは入っていそうだった。実際にそんなことがあるわけはないのだが、そう感じるくらいの重さだった。ともあれ自分で言い出したので、いたって平気な顔を装って階段を上りはじめる。

「素敵な髪型ね。とってもモダンで」

襟足のあたりに目を留めたのか、すぐ後ろを上っていた老嬢がにわかに言った。

「ありがとうございます。けさ、切ってきたばかりなんです」

朝一番で予約もなしに飛び込んだのは、かつて髪を「ショコラオレンジ」に染め、内巻きの甘いボブに整えた美容院だった。担当したのは偶然にも同じ美容師で、そこの店長だという彼はあまりに早い再来店に「なにか問題がありましたか?」と心配そうに言った。いいえ、と答えた。ただ、ばっさり切ってほしくなったんです。前も後ろも、とにかく、ばっさりと。

美容師はあれこれとカタログを指し示しながら「短くても女性らしさの残る」ヘアスタイルを提案し、同じように「とにかくばっさり」とか、あるいは「思い切って金髪に」といった極端なリクエストをしてきた客が、「僕の見てきたかぎり少なくとも百人中九十九人は」後悔している、とやんわり苦言を呈した。それでも譲らずにいると、相手もとうとう折れて――ただ、前回よりどことなくむっつりとした態度で――前髪を眉上で一直線にカットし、襟足をバリカンで刈り上げた。完成した新しい姿を鏡で見て、やはりくすくす笑いが漏れたが、美容師のほうはなにも言わなかった。

コートのポケットに押し込んだスマートフォンの黄色を思い出し、また笑ってしまう。美容院とスマホショップの順番を逆にすればよかった。これを差し出して「同じ髪の色にしてください」と言ったら、どんなに愉快だったろう！

もう、なんにも気にしない。なんにも恐れない。

たった一度の人生を不機嫌なまま、悲嘆したままで、過ごしたい人なんかいるだろうか？できるかぎり心から笑いながら生きたい、そう思うことのどこが罪だというんだろう？それだけの願いがどうしてあそこまで非難され、嘲笑され、踏みにじられ、搾取されてきたのだろう？

ささやかな望みを叶えるために、ずいぶん時間がかかってしまった。

でも、あの日、とうとう勝った。

ようやくわたしは、ひとりの人間になれたのだ。

「どちらに行かれるの？」

「実家に帰るんです。久しぶりに」

「まあ、いいこと」

「本当に。いままでそうしなかったのが不思議なくらい」

あまりに決然とした答えに違和感があったのか、老嬢は心配そうに声をひそめた。

「ご家族のみなさまは、お元気なの？」

「はい。両親と祖母がいますけど、みんなとても元気です」

老嬢はほっとした様子で、そう、よかった、と相槌を打った。

「まさかこんな時代になるなんて、だれも思わなかったものね。先のことってわからないわ。この歳になって思うんですよ、いま、この瞬間を、なるべく後悔のないように生きるのがどれだけ大切か……って、いやだ、ついお説教じみちゃって」

「いいえ。すごく、よくわかります」

スーツケースの重みに耐えて振り返ると、老嬢はにっこりと笑ってみせた。

「ご実家はどちら？」

「関西です」

「あらそう、てっきりこっちの子かと思った。垢抜けているし」

「そうですか？　でも、気をつけないと訛りが出ちゃうんですよ。とくに家族と話しているときや、興奮しているときなんかは」

階段を上り終え、橋を並んで歩きだしたところだった。向こう側からサラリーマン風の男性が足早にやってくるのを目に留め、ボストンバッグを反対側の肩に掛け直し、スーツケースを横から前に転がして道を作る。そうやってすれ違うのにじゅうぶんなスペースが確保されたにもかかわらず、男のほうは端に寄るでもなく、肩をいからせ風を切りながら近づいてくる。看板でも立っていたのかしらん、と訝った。このはしわたるべからず。ええ、だから真ん中を歩いてまいりました。

「……痛いっ！」

後ろで声がしたので、我に返る。

振り向くと、さっきまで背筋をぴんと伸ばしていた老嬢がよろけたふうに欄干に手をかけていた。顔はついさっき通り過ぎていった男のほうに向けられている。なにが起こったか、一瞬でわかった。

「大丈夫ですか？」

体に手をかけるのはためらわれたので、ただそう訊ねる。

「ああ痛い。思いきりぶつかられたの。その上、踏まれたわ」

ほら見て、と一歩差し出された足の甲は白い足袋に包まれている。その上には、たしかに灰色の靴跡がくっきりと刻まれていた。ああ、と驚愕の声を洩らす一方で、「大丈夫ですか」という問いに、「ええ」とか「大丈夫です」以外の答え方があることをはじめて知ったような、新鮮な気持ちになる。

「しかもね、耳元で『邪魔だババア』ですって」

「ええ！　ひどいですね」

「最近どんどん増えているのよ、こういうことが。しかも、見た？　あなたのほうはぐっと避けて、わざとあたしを狙ったの」

「え？」

「あなたはほら、髪も短いし、男の子だと思ったんでしょうよ」

いままでそんな間違い方をされたことはないが、この髪型でマスクをして重たげな荷物をふたつも抱えていれば、たしかにそういうふうに見えるかもしれない。とはいえいかにも恨みがましい顔でそう言われると、まるで自分が責められているような心地がした。

「ふつうの男だったわ。人混みに紛れてしまえば、すぐにわからなくなりそうな。きっと、本人だってその自覚があるからこんなことができるのよ。ああいう輩はね、いつだって、いかにもふつうの顔をしてあたしみたいな弱い人間に近づいてくるんですから」

話すうちに老嬢の背筋は元通りに、いや、さっきよりずっとまっすぐ伸びる。二枚重ねしたマスクの下で、興奮のあまり頬が紅潮しているのが見て取れる。

わかります、と言おうとしたとき、やれやれと首を振って付け加えられた。

「本当によくあるの。今月もう五回目よ、こんな目に遭うの」

「そんなに?」

思わず声を上げてしまった。

目の前の女性はたしかに年齢こそ重ねているが、決して「社会的弱者」といった風情ではない。にもかかわらず今月だけで五回とは、ずいぶん多いような気がする。

老嬢は恨めしそうな視線を、今度はたしかにこちらに向けた。同情ではなく疑念の響きを、敏感に察知したのかもしれない。しまった、と思ったときには遅かった。

幸いにして、最近増えているといういわゆる「ぶつかり屋」に遭遇したことはない。存在は知っていたが、間近に見たのもはじめてだった。ただの「よく聞く話」で、それを「よくある話」と言い切れる現実を、生きていない。

被害に遭ったと言う人を疑いはしないし、ひどいことだと同情もする。ただ、いくら相手の心境に寄り添おうとしたところで、その断絶は想像力だけでは埋められない。だから考えずにおいた。自分ひとりがうだうだと考えたところで、それで被害が減らせるわけではない。

だから、必要とされたときに必要とされる言葉をかけ、必要とされる態度をとればいいと、そう思っていた。

いま、その怠惰を、とっさに出てしまった「そんなに？」という、たった四文字から読み取られて糾弾されている心地がする。

「あなたみたいな、若くて体格のいい人にはわからないかもしれないけど」

含みを持たせながら言われて、もう、わかります、とは返せなかった。

「あたしみたいな弱い人間はね、標的にされやすいんですよ。だから、反撃できるときにはぴしゃっと言ってやることにしているの。こないだもね……」

老嬢の口調はどんどん勢いを帯びていき、つられたように歩調まで速くなる。

「耳を疑ったわ。信じられる？　もう何度も通っている歯医者なのよ」

一瞬だけ足が止まったときには、気がつけば老嬢のななめ後ろを、まるで下僕のように、付き従って歩く姿勢になった。

「マスクをしていて口元は見えないし、どうせ年寄りには聞こえないと思ったんでしょう。あれも、見てくれだけはふつうの女だったわ。いかにも真面目なふうを装って、猫撫で声なんか出しちゃって。ああ、思い出しても腹が立つ。あたしみたいな弱い人間を狙って、ストレスを発散しようって魂胆だったんでしょう。でも、そうはいかないんだから。だからね、ちょっとお灸を据えてやったの。いまごろあそこにはいられなくなってるでしょうよ」

相槌を打たなかったのは、スーツケースを全力で持ち上げて、バランスを崩さないように階段を下っていたせいでもあった。一方、老嬢は手すりも使わずにしっかりとした足取りでどんどん先を行く。最後の一段を下りてもう数歩進んでからようやく振り返り、スーツケースが――できるかぎりそっと――地面に置かれるのを確かめて言った。

「ご苦労様」

だが、スーツケースを受け取ろうとする気配はない。どうやらこのまま駅まで運ばせるつもりらしかった。どうせ同じ行き先なので、拒む理由もないのだが。

ひとくさり不満をぶちまけたことで落ち着いたらしく、老嬢は口をつぐんだ。

その口の中を見てみたい、と思った。そうすればすべてがわかる。とても同一人物には見えないが、化粧と服装、そして髪型で、人間の印象など一瞬で変わるものだ。そのことはこの身をもって実感している。それに自分はあのとき、そこにしか注目していなかった。けっきょくこの手でアルジネートを噛ませることはなかった乱杭《らんぐい》の歯並び、その奥に続く深い闇。

ただ、それは相手が決してマスクを外さないと、わかっていればこその願望だった。

「世の中ね、あなたみたいないい人ばっかりじゃないのよ。いつだって、ひどい連中ほどふつうの顔をしているんだから」

返事はしなかった。これ以上、できるだけ声を発したくなかった。

ひどい連中ほど、ふつうの顔をしている。

いつだって「男」たちはみんな、ふつうの顔をしてやってくる。

ならば「女」たちはどうか？

――わたしは？

ふいにあの日、猫に囲まれたテーブル席で「新人くん」が言った台詞が頭をよぎった。

すべての加害者には自覚がないものです。

「とにかくねえ、あなた、黙ったら負けなんですよ」

老嬢は、いまや声高に歌い出さんばかりだった。

「あたしみたいな弱い人間ほど、都合のいいように利用されないためにきちんと声を上げなくちゃ。さもないと、どんどん世界が悪いほうに傾いていくんですから。嫌なことは嫌ってはっきりと言わなくちゃ。泣き寝入りせずに、しっかりと、怒らなくちゃ」

あたしみたいな弱い人間。口癖にしては長いそのフレーズを、彼女はさっきからずいぶん連呼している。まるで、自分自身をそう鼓舞しているかのように。

自分は弱い人間。だからこそ、声を上げなくてはいけない。嫌だと思ったら、どんな手を使ってでも、たとえば弱さを盾にしてでも、ノーを突きつけなければいけない。自分にはその権利が、義務がある。それはきっと、正しい主張なのだろう。

——でも、さっきの男にはなにも言いませんでしたよね？

もちろん、そんなことは黙っている。いつものように。

よけいな発言をすれば厄介になるだけだと、わたしはだれよりも知っている。

黙ったら負け？

とんでもない。わざわざ事を荒立てたが最後、口をふさがれ、押し留められ、摩耗する。

どうしてそんな危険に身をさらさないといけないんだろう？ それに、ただでさえ笑い飛ばしていないとやりきれないほど窮屈な世界にいるのだ。なにも悪いことをしていないのに、これ以上傷つけられる必要がどこにあるんだろう？

それくらいなら声などいらない。黙って、黙って、黙りつづける。もしも火の粉が飛んできたら、なにも感じないように受け流す。そうやって、待つのだ。ひたすら時間をやり過ごし、身をすり減らすことなく生き延びて、来たるべき日を待つ。

自分の正義を信じて疑わないものたちが、相打ちになり倒れる日を。

声なきもの、あらかじめ言葉を奪われたものこそが、勝利する日を。

23

改札の前に着くと、老嬢は当然のようにスーツケースを置いて切符を買いに行った。

このまま、とふいに夢想する。

荷物を奪って走り去ったら、どうなるだろう？　着物の知識などないが、老嬢がまとっているそれは背後から見てもいかにも高級そうだ。もしかしたらこの中だって宝の山かもしれない。これと、自前の古いボストンバッグ、わずかな着替えと洗面用具、ケースに入ったワイヤレスイヤホンと買い替えたばかりのスマートフォンの充電器しか入っていないボロボロのそれを使って、どのくらい遠くまで行けるか、試してみようか？

「それにしてもあなた。ご実家、ずいぶん久しぶりなんでしょ」

戻ってきた老嬢は、待たせたことに礼も言わずに眉をひそめた。

「手土産のひとつくらい、買って帰らないといけませんよ。そうすればそれを囲んでみんなでお話しする機会ができるし、大人になればなるほど、そういう心遣いがとっても重要になるんですからね」

「……たしかに」

「そうよ。家族だからなんにも遠慮しなくていい、ってことじゃないの。ああ、うちだってもしそうだったら、あたしもこんなことしなくて済んだのに」

「え？」

「家出中なの。あなたと逆で」

ふいに、古い映画の記憶を思い出した。

どうしてそんなものを見たのか、ほかにだれかいたのか細かいことは時の流れにふるい落とされてまったく覚えていない。うつらうつらしながらぼんやり眺めていただけらしく、内容もほとんど忘れてしまった。だが、白い字幕でくっきりと浮かび上がった、その一文は妙に心に残っている。

ミス・ホリデー・ゴライトリー、旅行中《トラヴェリング》。

旅行中。

「思い知らせてやるんだから。あたしの存在がどれほど必要だったか。あたしがどれだけ我慢してきたか。いるのが当たり前だと思ってぞんざいにしてきたものほど大切だったということに、いなくなってからやっとあわてるんですよ。まったくばかな人たち」

言い募られるあいだもずっと、一度蘇ったイメージは続いていた。忘却に飲まれるように色も音も失った世界で、脳裏に焼きついた「旅行中」という言葉は、それ自体が光って見えるほど鮮やかだった。いったいその響きの、どこにそこまで惹かれたのだろう。どこへ行きたかったというのだろう。

物心ついたころから、祖母と父と母によって構築された、あの家で育った。家は世界そのものだった。それを捨てて外に出て、なにができるわけでもないことはわかっていたのに。

「すみません。じつは、ここで待ち合わせをしているんです」

気がつけばそんな言葉が口をついたことに、驚いた。

「まあ、そうだったの。お友達かだれかと？」

「……ええと、そうでもないんですけど」

ますます驚く。呼吸するように嘘をついたくせに、どうしてそこだけは適当にうなずけなかったのか、自分でもわからなかった。

案の定、老嬢は眉を上げ、あらそう、とそっけなくつぶやいた。これ以上、荷物を持ちたくないがゆえの言い訳だと思ったのかもしれない。スーツケースの取っ手を奪い返すように握られる――いや、さすがにそれは被害妄想が過ぎる。この人を通すと、きっとなんにせよこういう仕草、こういう言い方になるのだ。そして、それは本人にとってもどうしようもないことなのだ。

これまで出会った、あらゆる人たちがそうであったように。

そしてきっと、わたし自身がそうであるように。

「それじゃ、わざわざどうもね」

あっさりときびすを返し、改札に向かっていくその背中をぼんやりと見送った。スーツケースを忠犬のようにぴったり真横に従えて、いくつか並んだ改札の端、もっとも広くて駅員室に隣接したそこに吸い込まれるように入ってゆく。その後ろ姿が見えなくなってから混雑を避けて壁際に寄り、コートのポケットにしまっていた真新しいスマートフォンを取り出した。

知らないうちに、〇八〇で始まる新しい不在着信が一件、あった。

とっさに気づかないふりをした。ほかに方法を知らなかった。

天を仰ぎ、はーっと深い息を吐く。

すぐに後を追って改札に入ると、あの老嬢と遭遇してしまう可能性がある。どこにせよ遠くへ行くならきっと行き先は同じ、新幹線の通っているターミナル駅だろう。お互い大きな荷物を持っていて目立つから、万が一ホームでばったり遭遇したら嘘がばれてしまう。

これから、どうしよう？

そんな迷いを嘲笑うように、びゅうっと冷たい風が吹きつけてきた。

ふと、スマホを操作する手が視界に入った。ハンドクリームを塗り忘れた上に重い荷物をずっと持っていた手は、赤くふくれ上がってしわの一本一本が際立っている。爪は白とピンクの境目がいつのまにか半円状ではなくなって、でこぼこといびつな線を描いていた。

――ここ、イエローラインっていうんですよ。

そう教えてくれたのは、以前行ったネイルサロンの、セイレーンの微笑みを持つ美しい女性店員だった。ちっとも黄色くないのに、と訝ったが口にせず、ただ、へえ、とつまらない相槌を打ったことを、それこそ真っ黄色のスマートフォンを使いながら思い出す。

イエローライン、由来、検索。

日本映画の名前。競輪用語。ワシントン・メトロの略称。さまざまな情報の中に、ぽつんと「ネイル用語。ネイルベッドとフリーエッジの境目の部分」とだけ、説明になっていない説明がある。知りたいのはどうしてそう呼ばれているかだ。いろいろな単語を検索バーに足してみるが、横文字の専門用語が羅列されるだけで、求めていることは見つからない。

ともあれ、この部分がきれいな形にならないのはおもに栄養不足が原因なんですよ、と、あのネイリストは言っていた。もしくはじゅうぶんなケアができていないか。いずれにせよ、忙しい方はこうなりやすいんです。

せっかくならネイルサロンにも行けばよかったな、と思う。

いまからでも行こうか？　なにせ時間だけはたっぷりある。美容院のときは叶わなかったが、このばかげたスマートフォンを差し出して、同じ色にしてください、と頼んでもいい。いまや、爪をどんなに攻撃的にいじっても自由なのだから。

見渡すと、駅に隣接した商業施設の入口がすぐそばにあった。さほど大きくはないが、とはいえ年末のセールでにぎわっているらしい。あそこにネイルサロンはあるだろうか、それともお土産屋さんくらいか、と考えたとき、老嬢のひそめた眉と忠告が頭をよぎる。

——手土産のひとつくらい、買って帰らないといけませんよ。

同時に蘇ってきたのは、かつて読んだ小説のことだった。

場所はたしか、中学か高校の図書室だった気がする。いずれにせよ大人同士の濃厚な恋愛を描いた内容に理解が追いつかなかったのか、うっすらとしか記憶は残っていなかった。だが、ひとつだけはっきりと覚えているシーンがある。久しぶりに実家に帰ったヒロインが母親に東京土産を渡して、涙ぐみながらこう言われるのだ。

他人みたいじゃない。

あのころは母と娘、どちらの心境もさっぱりわからなかった。ずいぶん巧い描写だったのだな、と時を超えて感心しながら、なんという名前の本だったのか思い出そうとする。これに関してはネットを頼れない。どう調べていいのかわからないからだ。

かわりに、別の言葉を検索してみる。帰省、手土産、有無。

案の定、匿名で質疑応答のできる掲示板がトップに表示され、質問の主に対して回答者が蟻のように群がっていた。持っていきます、いい大人ですから。常識だと思っていたので、そもそも質問者さんの「必要かどうか」という疑問自体に驚いています。そんな他人行儀なことは、いままで考えもしませんでした。素朴かつ切実な問いかけに対し、きっと強くも弱くもないどこかのだれかが、自分の中にある「正解」を思う存分ぶつけている。

ブラウザを閉じた。

スマートフォンが世界から遮断され、デフォルトの待受画面だけが、一緒に取り残されて寄り添ってくれる。

真っ黄色の爪を見たら、家族はなんと言うだろう。

東京土産を持ち帰ったら、どう思われるのだろう。

いや、違う。知りたいのはそんなことじゃない。もちろんネイル用語の由来だって、手土産にまつわる常識だって、本当は心底どうでもいい。

祈るようにスマートフォンをぎゅっと握ると、自然と、まるで操られるように、親指がひとつのアイコンをタップしていた。

牧歌的なBGMが耳元で流れ出し、雑多な思考を遮った。ロード中、という画面をじっと見つめる。いつもより長く感じた。そして、それは気のせいではなかった。

液晶に映ったのは、予想していた景色ではなかった。

青い空と、緑の地面。長らく人手が入っていないらしく、ところどころに石が転がり、土肌が覗いている。そこへ急に茶色い髪にそばかすの女の子が現れ、下半分に表示された枠線の中から、拙い日本語で置かれた状況を説明しだした。自分は天涯孤独で、この荒れ果てた農場だけが家族から残されたただひとつの居場所であると。それからこちらに目線を向け、家族を亡くしたばかりとは思えない陽気さで言う。

『ハーイ！　あなたが新しいお友達ね　名前は？』

切り替え早すぎやろ、と内心で突っ込みつつ、もうあの、発作のようなくすくす笑いはこみ上げてこなかった。

この光景を最初に、そして最後に見たのがいつだったか、覚えてすらいない。

壁にぶつけた衝撃か、あるいは機種変更のときに生じたなんらかの手違いによってデータが飛んでしまったらしい。海外製の脆弱なゲームにありがちなバグだ。ここから先の展開はわかっている。適当な名前を入力するとチュートリアルになり、ゲームが正式に開始される。レベルは一、経験値はゼロから。陽気でどこか壊れた道化じみた日本語が、荒野の真ん中に矢印を点滅させながらそこを押せと訴えてくる。

『あなたの　新しい人生はいま、始まるわ

さあ、ここにリンゴを植えろ！』

その指示に従って拇印を押すようにぎゅっと触れば、また画面が変わり、始まりの一歩を祝福してくれるのだ。

『おめでとうございます！

あなたの新しい人生　それは安全に歩み出されたわ
さあ次は　リンゴに水を注げ
いまから始まる　無限の　可能性のために――』

あの美しい正三角形を描く農場は、どこへ行ってしまったのだろう。

いっそ一からやり直してみようか？　レベル三まで行けば牛が買える。レベル五で飼料工場が、レベル八で小麦畑が、レベル十でジュース工場が解放される。レベル十二のパン焼き窯が手に入るまで、おそらく一日もかからないだろう。

納屋とサイロを中心として、右下に牧場、左下に畑、上に工場エリア。正三角形を崩さないように気をつけていさえすれば、なにも考えなくても時間が過ぎる。元の状態に行き着くまで、きっとそう遠くない――

――そんなことをしてなんになる？

疑問の声は、まるで自分のものではないように湧き出てきた。

そして、それが聞こえた以上、どんなに言い訳を並べても無駄だとわかっていた。たとえ同じ長さだとしても、一度辿った道を繰り返すのは遠すぎる。いくら要領を掴んでいても、摑んでいればこそ、それはもはや暇潰しとは呼べない。現実とは違う時の流れの中に身を置き、すべてが過ぎ去るのをじっと待つための仮想空間に戻る手段は、もう、永遠に失われてしまった。

どうでもいい時間に浸り、ささやかで無用な達成を積み重ねているときだけ、わたしはただの「わたし」として存在していられたのに。

疑問も葛藤も持たず、ただ、均衡を保っていればそれでよかったのに。

ゲームを閉じ、そのままアプリ自体をアンインストールした。

つややかなリンゴと目を輝かせた豚のアイコンは、待受画面に表示された一覧表から数秒で消えた。あっけないものだった。

スマートフォンをコートのポケットにしまう。

目線を上げると、すぐそばに駅の改札口があった。

たくさんの人が吸い込まれては吐き出され、呼吸のような一定のリズムを作っている。無作為に数人を選んで行く先を目で追ってみた。流れから離れてもためらうことなく、まるで立ち止まったら沈んでしまうとでも言わんばかりに、みんな迷わず己のあるべき場所へと向かっていく。時に新たな雑踏に紛れ、時にたったひとりで、背中を見せて消えていく。

この雑踏に紛れ、たゆたい、流れていけたらと思っていた。

だが、単に「雑踏」というひとつのかたまりに見えたものは実のところひっきりなしに入れ替わっていて、しかもそれぞれの顔、それぞれの手足、それぞれの意志を持ち、それぞれの目的地に向かっていく集合体なのだ。彼らには、別個の向かう場所がある。

どこにも連れて行ってはくれない。

当たり前の事実に、頭を殴りつけられたように打ちのめされる。そんな経験は幸いにしてないけれど。いま、こうして目にしている中にはもちろん、実際に殴られたことがある人もいるんだろう。こんなにもたくさんいるのだから。

こんなにもたくさんの「わたし」たち。

たくさんの人の流れのことを、最初に「人波」と呼んだのはだれだろう？　寄せては返す人の波を見ているうちに、実際の波打ち際を見ているように胸の奥で存在しない音がざわめき、無視できないほどに大きくなっていく。疑問と葛藤の音。わたし、わたし、わたしは。

いま、ここにいる「わたし」は、いったいどうしたいのだろう？

だれにも従属せず、だれのせいにもせずに、どう生きていこう？

赤の他人の声かと錯覚するよそよそしさで、問いかけはぽっかりと開いた深い穴に吸い込まれ、さざ波ひとつも立たない沈黙だけが返ってくる。

喧噪がやまない街の中にいるのに、圧倒的な孤独に叫びたくなる。救いを求めて眼前に意識を戻すと、雑踏は新陳代謝を繰り返しながら変わらぬ規則正しさでうねりつづけていた。まるで、「わたし」が集まると「わたしたち」という生命体になるかのように。

——わたしたち。

ふいに、ぴん、と体の底でかすかな音が跳ねた。

深い穴の底に投げ込まれ、やっと水面に行き着いた小石の立てるそれに似ていた。

目を閉じて、真冬の冷たい空気を体の中身ごと入れ替えるように大きく吸い込む。

あの老嬢に言った台詞を反芻する。じつは、ここで待ち合わせをしているんです。

そしてとうとうわたしは、湧き出た泉の底へ新たな石を投げるように問いかけた。

どうしよう、いや、

——どうしたい？　これから。

飛沫が弾けるように、反応は速かった。

ほとんど自動的に右手が動き、スマートフォンに残っていた不在着信の番号をタップして折り返す。コール音が途切れると、まるで待ちかねたような軽やかさで今度は口が動く。

「もしもーし、お母さん？」

その声は、新鮮なだれかのものとして響いた。

「ごめんねー、年末、帰れなくなっちゃった。バイト先の新人が急に辞めて、また人手が足りなくなって。どうしてもあたしがいないと困るって、急に連絡が来たの……やだー、そんなこと言わないで。あたしだって寂しいよう！　久しぶりに会えるの、楽しみにしてたんだから。わかるでしょ？」

よく言うわ。

自分だって似たような電話を前の職場にしたくせに、あきれてしまう。だがその一方、こんな声を出されたらどんな無茶な嘘だって信じないほうが悪いような気にさせられると、心から信じる、少なくともいったんは信じざるを得ないだろうと、理解してもいた。

予想に反して、通話は五分にも満たなかった。

「うん。……うん、あたしからまた絶対連絡する。だから、ね？　……もう、子供扱いしないでよー……さっちゃんはずっとお母さんの子供って、そうじゃなくて！　まあいいや、今度帰ったらおいしいもの食べさせて。うん。うん。それじゃあね」

――これで、いいよね？

通話を切って念入りに――おそらくは父や祖母による「第二波」を避けるために――電源までオフにするやいなや、その声は頭の中から直接、しなだれかかるように語りかけてきた。

——じゃ、せっかくお休みだから、海でも見に行こうよ。

　駄々をこねる幼児のような、媚びを売る少女のような、甘くぬくい、それでいて世界が思いどおりにならないことなど許さないと言わんばかりの断固たる響き。こんな相手とまともに付き合うのはさぞ厄介だろう。だがそれでいて、声は凍えた全身をやさしく包むように、羊水さながら肌から染み入るように、頭から爪先まで満たしてくるのだった。

　その意見に身を任せようとした矢先、別の声がそれを妨げた。

——さすがさっちゃん。その場しのぎとご機嫌取りは天下一品ね。

からかうようでありながら、どこか挑発的な口調だった。

——もう、素直じゃないんだから。こうして役に立ってあげたのに。

——もともとあんたの得意分野でしょ。調子に乗らないでくれる？

　融通の利かない教師のような、厳格な検事のような、冷たく辛辣な、世界があるべき形をとっていないことなど耐えられないと言わんばかりの断固たる響き。こんな相手とまともに付き合うのはさぞ厄介だろう。だがそれでいて、声は知らないうちに縮こまっていた体を太い芯で支えるように、背筋を容赦なく叩いてくるのだった。

——それにしても海？　こんな真冬に？　ばっかじゃないの。

——だって、山なんか行ったらよけい寒いもん。

——なに言ってんの、山といえば温泉でしょう。

——絶対混んでるって！　もっと穴場的な、リゾートっぽい場所がいい。

——そんなとこ、都合よく見つかるわけないってば。無責任なんだから。

ふたつの声は街のざわめきに負けることなく、まるで右と左から交互に喚いているように波と波の応酬になってぶつかりあう。まさに水掛け論。どちらに従うべきか、ましてやどちらが正しいかはわからない。ただ、黙っていたら永遠に終わりそうにない。

——……とりあえず、帰りたくはないんやね？

とりなすように現れた新たな声に対して、返ってきたのはあからさまに絶句する気配と、信じられないと言わんばかりの短い沈黙だった。相変わらず、そんなところばかり息がぴったりなのだ。

——当たり前でしょう？　せっかく自由になれたのに。

——そうよ。あんた、これまでの話ちゃんと聞いてた？

いつもならこのまま押し流されるに任せ、せいぜいささやかなジョークで場を収めようとあがくだけにとどまるところだった。できることならそうしてほしかった。だが、きょうに限ってその声は風を受けた帆のようにぐっと胸を張り、濁流を押し返す堤防のように全身に固く力を入れ、踏みとどまって強く抵抗の意を示した。

そうすることで、背後にいるだれかをも守ろうとするように。

——だからそうやって、仮想敵を見つけるやいなや調子づくのやめなって。あんたらトムとジェリーなん？　ずっと仲良く喧嘩したいなら勝手にやっててよ。もう、知らんから。

また一瞬、今度は妙にそらぞらしい間が空く。

——……とりあえず、なにか食べよう。

すぐさま、何事もなかったように片方の声が甘えた。もう一方は無言だったが、ぎゅるる、とこれ見よがしに胃の音を鳴らした犯人は明白だった。

——ほらね？　お腹空いちゃった。なにかあたたかいもの……パスタとかどう？

——パスタぁ？　そんなのいつでもいいでしょ。久々のランチなら贅沢しないと。

——贅沢しないと、と、贅沢したい、は違うもん。いま食べたいものを優先しなきゃ。明日どうなるかなんて、だれにもわからないんだから。

——バカね。明日どうなるかわからないから、多少は背伸びをするべきなんじゃない。いつでもできるようなことだけ繰り返してどうするの。

ふたつの声が言い合う中、もうひとつの声は黙っている。

だが、それさえもいつもの弱々しいものではなく、あきれた、ものを言う気力も失せた、と強く意思表示しているのだから実質しゃべっているようなものだ。ぼんやりとそれに意識を傾けるうちに、さきほどまでの殴りつけるような孤独ははかなく薄れていく。

そしてとうとう、声はぴたりと重なって、まっすぐこちらに問いかけてきた。

——……ねえ。どうしたい？

こちらに振らないでほしい。それがわからないから、呼んだのだ。

わたしは、いつものように知らんふりを決め込もうとする。

だが、追及には容赦がない。昼食ひとつでそんなムキにならんでも、というもっともな仲裁が入ってもいっこうに騒ぎは収まらず、むしろ、ますます大きくなる。

——どうせ食べられるのはひとつやろ？　なら、意見は少ないほうが……。

——……だめだよ！

バッグからワイヤレスイヤホンを取り出し、両耳に押し込んだ。

さっきまで鮮明だった世界の音が、たちまちシャボンの中から聞くように輪郭を失った。

道行く人の会話。駅や商業施設から漏れるアナウンス。信号の音。車の音。このまま、泡とともにはじけてしまえたらいいのに。なんでもないものとして、ただ、ぼんやり漂ううちに波間に溶けてしまえたら。

だめだよ、と、子供じみた幻想に釘を刺したのはサインだった。

——だってわたしたち、ずっと一緒でしょう？

——だれかが妥協したら意味がないじゃない？

コサインも、ここぞとばかりに同調する。

タンジェントはもう、すっかりさじを投げた様子だった。できることならわたしもそこに便乗させてほしい。そんなどこまでも甘い考えを見咎めたのか、だめだよ、とサインは繰り返した。なぜだか、妙に楽しげに。

——考えるのを、さぼっちゃだめだよ。どんなに小さなことでも。

さあ、と、コサインが過去にない軽やかさで続く。

——いいかげん観念して、声を聞かせなさい。

少しは静かになるのではないかというもくろみは、それであっさりと否定された。むしろ外への意識が遮断されたことで、内側から響く音がますます際立ってしまった。

そして、それではっきりした。

この世界どころか自分の中にすら、もう、逃げ場はないらしい。

答えのかわりに溜息をついて、わたしは歩き出す。

行くあてなどなかった。ただ、立ち止まっているわけにもいかなかった。薄い色の空に浮かぶ昼の月を見上げる。新しく始まったゲームは、思考停止を決して見逃してはくれない。

大丈夫、と、投げやりと労りの中間くらいのトーンで言ったのは、タンジェントだった。

人魚姫じゃあるまいし、そう簡単には消えられないから。だれかに魂でも明け渡さないかぎり、声はどうしたって湧いてくるよ。あたしがそうだったみたいにね。

それは励ましているつもり？

返事はない。月を睨んだまま溜息をついた。泡のように白っぽく頼りないそれは、だけどはじけたり溶けたりすることなく、この世界にわたしを置いてけぼりにしてたしかにそこにある。なにもかも、嘘じゃないよ、と言いたげに。

本書は書き下ろしです。